KB147669

# 맨발로 오신 부처님

# 맨발로 오신 부처님

임효림 지음

조계종
출판사

## 향 하나를 사르고

출가하여 부처님의 은혜를 입은 지도 벌써 수십 년의 세월이 더 지나갔다. 어쩔 수 없이 그동안 출가 수행한 세월을 뒤돌아보지 않을 수가 없게 되는데, 게으르고 부족한 것 투성이다. 모든 것이 많이 부족할 뿐이다.

그런 중에 그래도 내가 나를 칭찬하는 것이 있다면, 아직도 항상 부처님의 말씀에 감동하고 있다는 것이다. '누구나 부처님이 될 수 있다.' 이 말씀에 이끌리어 출가를 하고 부처님이 되기 위해 수행의 길을 걸어왔다. 그러한 나의 감동과 이끌림에 따라 부처님의 전기를 이렇게 시로 쓰게 되었다.

부족한 시를 출판해 주신 조계종출판사에 크게 감사한다. 그리고 책이 출판되면 읽어 줄 독자들에게도 미리 감사한다. 너무 심하게 읽지는 말고 그저 이끌려 가는 대로 읽어주기를 바란다.

경원사 철굴(鐵窟)에서

임효림 합장

차례

맨발로 오신 부처님 12　전생의 선혜보살 14　태몽 16　탄생 19　선인의 예언 22

가계 24　농경재에 참여하고 26　성장 시기 28　세 채의 궁전 30　결혼 32

사문유관 34　아들 라훌라의 출생 38　출가 40　아노마 강이 흐르고 42

빔비사라왕과의 첫 만남 45　선인을 만남 48　고행 육 년 50

새로 시작한 7일간의 수행 54　· 다시 새롭게 54　· 금강좌에 앉아 56

· 마왕 파순과의 대결 56　· 대지의 신이 증명을 하고 59

성도 61　신들의 찬양을 받으시고 64　연기법 67　설법을 망설이시고 69

부처님을 알아보지 못한 우빠까 71　초전 법륜 73　삼보 75

부잣집 아들 야사 76 전도 선언 79 너 자신을 찾으라 81 천한 사람 83
산상 설법 87 마음이 안정된 사람 90 거문고의 비유 92 비를 뿌리소서 94
중도 102 계율이 제정되고 104 독화살 107 정사가 지어지고 110
나도 밭 갈고 씨 뿌린다 113 피를 토하고 죽은 산자야 117 육방의 예 119
모든 인간은 평등해야 한다 122 화합하라, 화합하라 127 지혜제일 사리불 존자 132
신통제일 목련 존자 136 두타제일 대가섭 존자 139 해공제일 수보리 존자 141
설법제일 부루나 존자 143 논의제일 가전연 존자 145 천안제일 아나율 존자 148
지율제일 우빨리 존자 150 다문제일 아난다 존자 152 밀행제일 라훌라 존자 156

정반왕 159　마야왕비 162　야소다라태자비 164　마하빠자빠띠왕비 167

동생 난다 170　반역의 데와닷따 172　똥을 푸는 니디 174　최고의 부자 수달장자 176

수달장자의 며느리 옥야 178　유녀 암바빨리 182　살인마였던 앙굴리말라 184

석가족의 출가 188　열 가지 서원을 세운 승만 190　여성의 출가 194

마가다국의 빔비사라왕 197　빔비사라왕의 왕비 위재휘 200　빔비사라왕의 아들 아사세왕 202

꼬살라국의 파사익왕 205　파사익왕의 아들 유리왕 208　석가족의 멸망 210

전쟁은 전쟁을 불러오고 213　밧지족의 사람들 216　법을 보는 자가 나를 본다 219

코끼리 조련사 222　물싸움 224　아들을 잃은 끼사고따미 227

바보 반특카도 깨달음을 얻고 230 기구한 운명의 연화색 234 빔비사라왕의 귀비 케마 237

거짓 임신을 한 찐짜 239 외도들의 음모로 죽은 순다리 241

피부병에 걸린 풋티삿사팃사 243 부처님을 너무 존경한 박칼리 245

가짜 도인 행세를 한 바히야 248 눈빛이 고운 수바 250 천하 명의 지와까 253

슬퍼하지 말라 255 침묵해야 할 때 침묵하라 257 다시 녹야원으로 돌아오셔서 259

계율을 잘 지키라 262 의지해야 할 네 가지 265 대장장이 쭌다 269

사라쌍수 나무 아래서 272 마지막 제자 수밧다 274 열반 276 다비 280

사리 283 여래십호 285

# 맨발로 오신 부처님

# 맨발로 오신 부처님*

저기 빈 들판 길을 홀로 걸어오신 분이 있다
산을 넘고 강을 건너 맨발로

변화와 위기의 시대
시장 경쟁은 기존 질서를 파괴하며
폭력과 이기주의 속에
혼란이 도시를 휩쓸고
국가와 국가 사이에 전쟁이 계속되고
분열과 통합이 반복되었다
개인은 점차 존재 가치가 공허해지고
탐욕 한 자들이 세상을 지배했다

* 우리가 경전을 읽으면서 놓치고 있는 것이 있다. 부처님이 활동하셨던 시대의 역사적 배경이다. 부처님 시대의 역사는 한마디로 혼란과 격변이 그 어느 때보다 심했다. 상업이 발달하면서 기존의 시장질서는 무너지고 최상위 계급인 바라문의 지배력은 약화되었으며, 무사계급인 국왕의 지배력은 강화되었다. 국가와 국가 사이에 전쟁은 끊이지 않았다. 심지어 부처님의 모국인 가비라국도 꼬살라국에 의해서 멸망당했고, 또 꼬살라국은 마가다국에게 멸망당했다. 이들 국가는 사실 혼인으로 복잡한 인맥을 형성하고 있었다. 한마디로 형제의 나라였다. 그리고 이들 국가의 왕들은 모두 부처님을 몹시 존경했고, 불교에 귀의한 재가 신도였다. 하지만 부처님의 만류에도 불구하고 전쟁은 거듭되었다. 이런 격변과 혼란의 시대에 부처님은 사람들에게 인종(人種)과 성(性)의 차별을 넘어서는 설법을 하셨고, 사회 계급을 부정했다. 이는 실로 놀라운 혁명이며 충격이다. 이로써 인류의 역사는 부처님이라는 위대한 성자를 맞아 새롭게 시작되었다.

이때 오직 홀로 일어선 분
그분의 이름은 석가모니부처님
보리수 아래서 눈을 떴다

산을 넘고 강을 건너
들판 길을 맨발로 걸어와
세상을 바꾸셨다
오직 사람이 세상의 주인임을 깨닫도록 하셨다

바로 그대들 여기를 주목하라
스스로 자기 삶에 주인공이 되고 싶으면
부처님의 말씀에 귀 기울여라

## 전생•의 선혜보살

마음 하나는 반듯한 수행자 선혜는
맑고 서늘한 깨달음의 경지만을 찾고 있었는데

연등 부처님이 출현하셨다!
바람같이 들리는 그 말을 따라 길을 나서자
같이 수행하던 오백 명의 수행자들은
노자로 쓰라고 돈 오백 냥을 모아 주었다

길에서 만난 구리선녀와 함께
연꽃을 부처님께 공양하는데
빗물이 고인 땅을 부처님이 밟고 가시려 하는 것을 보고
입고 있던 사슴 가죽옷을 벗어 물 위에 깔아 주고
그래도 조금 모자라자

• 생(生)이란 해탈을 이루지 못하면 끝없이 윤회(輪廻)를 반복한다. 지금 현재의 삶은 과거 전생의 연장이고 또 다음 생으로 이어진다. 위대한 인물들의 탁월한 능력은 어디서부터 오는 것인가? 전생에서부터 노력하고 쌓아 온 공덕의 한 결과다. 따라서 부처님 같은 위대한 성자는 금생에 닦은 수행의 결과만 가지고는 그렇게 높은 경지에 이를 수 없다고 보고, 과거 오랜 세월을 통하여 이루어진 수행의 결과로 본다. 그래서 경전에는 상당히 많은 내용으로 부처님의 전생에 대하여 말해주고 있다. 그중에서 가장 대표적인 것이 선혜가 연등 부처님께 수기를 받는 내용이다. 미래의 부처님인 우리가 참고해야 할 대목이기도 하다.

머리를 풀어 깔아 보다가
아예 물 바닥에 몸을 납작 엎드려
거룩하신 분들 가운데서도 거룩하신 부처님이시여
구슬이 판자 위를 굴러 가듯이
저의 등을 밟고 지나가 주소서
이렇게 간절하게 말씀을 드리니

이런 것은 마음이 너무나 순수한 것에서 나온 한 표현이 아니냐
그만 일어나 보아라
그대는 나 다음으로 지구라는 푸른 별 그곳으로 가서
석가모니라는 이름의 부처님이 되어 보시라

이마를 살살 문질러 주시면서
수기를 주셨으니

이것은
지구 같은 것은 물론이고
우리가 인식하는 이 우주라고 하는 것조차 생겨나기 전
아승지겁 그 엄청나게 오래된 전생의 이야기이다

## 태몽[*]

하늘 그 언저리까지 오색구름이 일어나더니
선녀들이 춤을 추며 음악을 연주하고
어디서 오는지도 모르게 향기가 가득 채워지고는

신비하게 하얀 코끼리 한 마리가
온갖 보석으로 치장을 하고
구름을 타고 하늘에서 내려와
옆구리로 들어오는
상서로운 꿈을
인도의 가비라성 마야왕비는
어느 일기가 화창한 날에 꾸게 되었다

어진 임금이고 자상한 남편인 정반왕에게 이 일을 말하자

* 부처님의 태몽은 인도 문화의 특성을 잘 나타내 주고 있다. 인도에서 흰 코끼리는 최고의 덕상(德像)이다. 이렇게 길상을 상징하는 흰 코끼리가 마야왕비의 꿈에 나타나 옆구리로 들어갔다는 것은 도솔천 내원궁에 있던 호명 보살이 흰 코끼리를 타고 내려와 마야부인의 배 속으로 들어갔다는 말이다. 도솔천은 하늘에 있는 천궁으로서 석가모니 부처님도 여기에 계시면서 시절 인연이 돌아오기를 기다렸다가 우리들의 인간 세상으로 내려오셨고, 이후 미륵 부처님도 지금 그곳에 계시면서 인간 세상에 내려와 중생들을 교화할 시기를 기다리신다고 한다. 사실 도솔천 역시 인간 누구나 가지고 있는 깊은 내면이다. 누구나 미래의 부처님이 될 수 있는 불성이 내면 깊숙이 들어 있다.

아! 그것 매우 상서로운 꿈이 아니오
궁중의 해몽 잘하는 신하를 불러 물어보니
태자를 잉태할 태몽이라고 하였다

결혼하고 남달리 금슬이 좋은 정반왕과 마야왕비는
왕자를 갖지 못해 오랫동안 근심했는데
왕비가 태몽을 꾸자
왕궁은 모두 기뻐하고
새로 태어날 왕자를 기다렸다

## 탄생•

장차 위대한 인물이 태어나려고 하는데
어찌 신기한 기운이 나타나지 않겠는가

땅이 흔들리고
하늘이 울리더니
무지개 빛깔의 구름들은 하늘을 온통 장식하고
구름 사이로 선녀들은 춤을 추며 꽃비를 내려 주시고
또 하늘의 악사들은 모두 모여 연주를 하고
그 많은 건달바들은 모여 찬탄하는 노래를 부르고
은은하게 일곱 가지의 향기들이 고루고루 퍼져 나가는데

어찌하여 이렇게 일찍이 보지 못한 일이 일어나고 있는가?

• 부처님의 탄생에는 여러 가지 신비함과 기이한 내용이 많다. 옛날 사람들은 부처님뿐만이 아니고 여러 위인이나 성자들의 탄생에 대해서는 현대인들이 이해할 수 없는 기이한 내용으로 기술했다. 그러나 인도의 문화적인 특성과 그 배경을 먼저 이해하고, 옛 고대인들의 서술 방식을 이해하고 보면 쉽게 수긍할 수 있다. 무엇보다 인류 역사의 가장 위대한 성자의 탄생이라는 것을 염두에 두고 이해해야 한다. 이렇게 위대한 성자가 탄생했는데 어찌 하늘이나 땅이 아무런 반응이 없을 수가 있겠는가. 특히 사방 일곱 걸음을 걷고 하늘과 땅을 가리키며 천상천하 유아독존이라고 하셨다는 외침은 다른 곳에서 유래를 찾기 힘든 강력한 메시지다. 인류의 문명이 발달할수록 더욱 새롭게 그 의미가 살아나는 사상이고 철학이다. 나는 이보다 더 강력한 인간 선언을 보지 못했다. 석가모니 부처님의 탄생 선언은 인류 최초의 인권선언이며, 인간 자각의 선언이다.

사람들은 저마다 감탄하고 있을 때
해산을 위해 친정으로 가시던 마야부인은
저기 룸비니 동산은 쉬어 가기에 참 좋은 곳이니 잠시 멈추어다오
타고 가던 수레에서 내려 쉬시는 중에
무우수(無憂樹) 꽃나무 아래서
아! 하! 어찌 이다지도 향기로운 꽃이 곱게도 피었나
손을 들어 꽃을 만지는 순간
장차 인류를 구제하실 그분
이름도 거룩한 싯닷타 태자가 태어나셨다

장중한 음악에 맞추어 꽃비가 내리고
아홉 마리의 용들이 감로를 뿜어 목욕을 시키시니

사방으로 일곱 걸음도 걸어 보시고
손을 들어 하늘도 한 번 가리키고
땅도 한 번 가리키고
하늘 위에서나
하늘 아래서나
오직 나는 홀로 존귀하다

지구가 흔들리는 사자후를 하시니

아직도 그 큰 말씀 귀에 울리네

누구나 부처님이고

누구나 가장 존귀한 존재다 하신 그 외침

시공을 뛰어넘어

오늘도 내 귓전을 울리네

## 선인의 예언•

히말라야 그 눈 덮인 산속에서
수행만 하다가 늙은 아시따 선인
미래의 부처님이 탄생하신 것을 벌써 아시고
어린 제자와 함께 찾아와서는
두 팔로 태자를 안고 이리저리 한참을 살펴보시고

으흐흑…… 으흐흑……
한없이 슬퍼하며 울고 계셨다

선인이시여! 혹여 우리 아들에게 무슨 불길한 일이라도 있나요?
아버지 정반왕이 이 모습을 보시고 몹시 놀라 물어보시니

• 이미 당시 인도 사람들 사이에서는 위대한 성인이 태어나실 것이라는 예언이 전설처럼 전해 오고 있었다고 한다. 그런 중에 싯닷타 태자의 탄생을 보고 아시따 선인은 비로소 기다리던 위대한 성자가 태어났구나 하는 것을 직감했다. 그리고 눈물을 흘리며 자신은 이미 늙어 이 아이가 성장하여 성자가 되는 것을 보지 못한다는 사실을 매우 안타까워했다. 실제로 그의 어린 제자는 뒷날 부처님의 제자가 되었다. 아시따 선인의 예언 가운데는 전륜성왕이 될 것이라는 것도 포함되어 있다. 당시 위대한 성자가 태어나 인류를 구제할 것이라는 기대와 동시에 전륜성왕이 태어나 천하를 통일하고 가장 이상적인 국가를 건설할 것이라는 기대도 있었다. 경전에서는 전륜성왕과 부처님은 같은 형태의 관상을 타고난다고 말하고 있다. 그러니까 사람들은 전륜성왕과 부처님을 비슷한 의미로 받아들였었던 것 같다.

아니지요, 아니지요, 불길한 일이라니요
태자는 장차 출가하여 수행한다면 우주의 스승 부처님이 되실 분
국왕이 되어도 전륜성왕이 되어서 천하를 다 통일하실 분
하지만 어찌하겠습니까
나는 이미 나이 들어 늙었으니 그때까지 살아 있지를 못할 것
그래서 그 일이 너무나 슬퍼서 우는 게지요

아직은 어린 제자야
너는 얼마나 다행이겠느냐
이다음 부처님이 출현하셨다는 말을 듣기만 하면
조금도 망설이거나 지체하지 말고 달려가거라
그리하여 이분의 가르침을 받고
내가 이루지 못한 진리를 깨달아 보아라

## 가계(家繼)*

이웃하고 있는 강대국 마가다 꼬살라보다
빼대 하나는 더 좋다고 자랑하는 석가족
자존심이 강하고 긍지가 대단하여
태양의 후예로 역사와 전통이 있는
정직하고 용감한 찰제리 계급으로
감자왕의 후손이니
할아버지는 활을 잘 쏘는 사자협왕이시고
아버지는 정반왕
어머니는 꼴리야족의 공주 마야왕비
양육해 주신 어머니는 이모 마하빠자빠띠

* 현재 많은 학자들이 석가족에 대하여 상당한 연구를 하였다. 이러한 연구에는 우리가 기존에 알고 있는 것과는 달리 석가족이 아리야 계통이 아니라는 주장도 있다. 그중에 우리의 주목을 끄는 것은 지금 유럽 계통의 백인인 아리야계가 아니라 아시아 계통의 황색인인 몽골리아계라는 주장이다. 그것은 그렇고 석가족은 태양의 후예라는 자긍심이 있었고, 오랫동안 가문의 전통을 잘 지켜온 명문이었다. 그러한 석가족은 부처님이 나오신 이후 그 영향으로 아버지인 정반왕의 직계는 거의 모두 출가하여 스님이 되었다. 그뿐이 아니라 일가친척을 위시하여 가비라국의 젊은 청년들이 수없이 많이 출가하여 스님이 되었다. 그래서 어쩔 수 없이 뒤에 정반왕이 돌아가시고 왕위를 계승하는 것은, 사촌 중에서 한 사람인 바드리카가 왕위를 계승한다. 하지만 이 바드리카도 친구인 아니룻다가 찾아와 같이 출가를 하자고 권하자 출가를 하고 만다. 그래서 다시 새로 왕위를 계승한 사람이 석가족의 마지막 왕인 마하남이다. 근자에는 우리 시대의 고승이라고 해야 할 일타 스님 같은 경우가 일문 권속 수십 명이 한꺼번에 출가하여 스님이 되었다. 중국에서는 역사의 문헌에 전해 오는 사람으로서 그런 경우가 들어 있다. 출가하는 당사자들에게는 이보다 더 큰 영광은 없을 것이다. 석가족 출신들은 출가 후에도 대아라한의 경지에 이른 사람이 많고 교단 내에서 상당한 존경을 받은 고승이 많이 배출되었다. 참고로 나도 나의 형제나 직계 가족 가운데서 스님이 한 사람 나오기를 기대했으나 아직도 나오지 못하고 있다. 그 점을 나는 항상 아쉬워하고 있다.

사랑스럽고 아름다운 아내 야소다라
너무나 귀여운 아들 라훌라
작은아버지는 백반왕 곡반왕 감로반왕
시자인 아난은 사촌
반역의 데와닷따는 아난의 형
순진한 난다는 이복동생

먼 뒷날 부처님이 성도하신 뒤에
석가족 출신의 똘똘한 젊은 청년들은
수도 없이 많이 출가하여
깨달음을 이루고 대아라한이 되었다

## 농경재(農耕齋)• 에 참여하고

봄날 따뜻한 날에

나무며 풀들이 새롭게 싹을 틔우고

새들도 짝을 지어 둥지에 깃들 때

정반왕은 태자와 여러 문무 대신들을 거느리고

밭 갈고 씨 뿌리는 농경재에 참석을 하였는데

그 경사스러운 축제 분위기 속에

소를 몰고 보습으로 땅을 갈아엎을 때에

땅속에 살고 있는 벌레들이 놀라서 기어 나오고

하늘을 나는 새들은 그 벌레들을 연신 쪼아 먹고

그런 풍경을 유심히 살펴본 태자는

아! 저것이 약육강식(弱肉强食)이구나

• 부처님의 고국인 가비라국을 위시하여 당시 여러 나라들은 모두 농경 국가였다. 그것도 쌀을 주식으로 하는 나라들이었다. 정반왕, 곡반왕, 백반왕 등의 이름에 밥을 상징하는 반(飯)자가 들어간 것으로도 잘 나타난다. 이렇게 농사를 짓는 농경 국가에서는 어느 나라에서나 봄이 오면 농경재를 지낸다. 우리나라도 사직단(社稷壇)이나 선농단(先農壇)을 두어 해마다 임금이 직접 재(齋)를 올리고 친경(親耕)행사를 했다. 특히 사직단은 토지신인 사(社)와 곡신인 직(稷)을 상징적으로 모신 곳으로 임금이 계신 곳에서 왼쪽에는 종묘, 오른쪽에는 사직을 두었다. 선농단에서는 조선조 마지막 임금인 순종 3년까지 계속해서 친경행사를 했다고 한다. 이처럼 농경재는 농경민에게는 어느 민족에게나 보편적으로 있는 행사라고 보면 된다. 싯닷타 태자는 이러한 농경재에 참석하여 우주 자연의 섭리를 보고 깨달았다. 그리고 매우 깊은 명상을 했던 모양이다. 나중에 고행을 하다가 그것이 잘못된 수행이라는 것을 알고 다시 새롭게 시작을 할 때도 이때의 명상을 생각했다고 한다. 그리하여 육신을 괴롭게 하는 수행을 포기하고 명상을 통하여 도를 깨달았다.

삶의 형식이란 저렇게도 비참해야 하는 것인가
생명은 살아가기 위해 저보다 약한 놈을 끝없이 잡아먹어야 하고
등 뒤에서 나를 잡아먹으려고 하는 위협을 받아야 하는구나

먹이사슬에서 자유로운 자는 누구인가
왜? 생명은 생명을 잡아먹지 않고는 살아갈 수가 없는가?
어찌하여 삶이란 이렇게까지 슬프고 안타까운 것인가
이런 심각한 생각을 하다가
자신도 모르는 어떤 기운에 이끌리어
숲속으로 들어가 고요하고 깊은 명상에 들었다

이 순간 세상이 모두 고요해져서
나무들도 그늘을 옮기지 않았고
새들도 소리 내어 울지 않았다

## 성장 시기*

장차 인류 역사에 가장 위대한 성자가 될 태자이니
성장하면서도 다방면에 뛰어난 재능이 있는 것은 당연한 일
학문을 익히고 칼과 활을 다루는 법 창을 쓰고 코끼리를 길들이는 법
말을 타고 마차를 모는 것 군사를 조련하고 병서들을 두루 읽고
천문과 지리는 물론이고 여러 가지 고전을 다 섭렵하였다

석가족의 무술 대회에 나가서
오백 명의 경쟁자를 물리치고
당당하게 우승도 하였다

그렇지만 태자는 자주 혼자 명상에 빠지고
삶은 왜 고통과 번민이 많은가?
세상은 왜 불공평한 것들이 이렇게 많은가?

* 주변 마가다국과 꼬살라국 등의 강대한 국가 사이에 있었던 가비라국은 자존심이 강하고, 자긍심 또한 대단했던 모양이다. 그리고 수준 높은 교육을 받았다. 왕자이지만 같은 석가족 출신들과 같이 무술을 연마하고 학문을 익히면서 항상 탁월한 능력을 발휘하였다. 그도 그럴 것이 인류역사에 가장 위대한 천재였으니까. 어떤 기록에는 이때 데와닷따와 상당한 경쟁자로서 우위를 다툰 것처럼 말하고 있다. 하지만 그것은 약간의 과장이 있다고 보여지고, 태자는 다방면에서 뛰어난 능력을 발휘한 것만은 사실이다. 먼 뒷날 제자들에게 하신 말씀에도 어린 시절을 회상하는 내용이 많다. 그때는 여유롭고 풍족했으며 열심히 무술과 학문을 닦았다고 말하고 있다. 무엇보다 출가하여 생사를 뛰어넘고 진리를 깨달아야 하겠다는 생각 자체가 철학적인 사유 체계를 갖춘 교육을 받은 결과라고 볼 수 있다.

그런 골치 아픈 것들을 고민하여

스스로 고뇌와 갈등을 많이 하였다

## 세 채의 궁전•

안 돼지! 안 돼! 나의 아들은 전륜성왕이 되어
드넓은 천하를 다 통일해야 하는데
명상이나 하고 삶의 고뇌를 생각해서야 되겠는가
수행자가 되는 것 그것은 사문이 되는 것
그런 것이야 다른 평범한 집 자제들이 하면 되고
내 아들은 왕위를 계승할 명문 석가족의 적통이 아니냐

정반왕은 태자가 출가할까 두려워
따뜻하게 지낼 수 있는 겨울 궁전
시원한 바람으로 더위를 피하는 여름 궁전
아무리 비가 많이 와도 습기가 차지 않는 우기의 궁전 등을
화려하고 멋있게 지어놓고

• 아버지 정반왕은 아들이 남다른 능력을 가진 천재라는 것을 진작부터 알고 있었다. 그런 아들이 성장할수록 더욱 출중한 기량을 보이는 반면, 동시에 사색과 명상을 즐기는 것을 보자 불안했다. 부왕으로서는 당연히 자신의 왕권을 이어받아 위대하고 강력한 왕이 되고 주변의 강대국을 상대로 경쟁하고 국력을 신장하기를 바라는 마음이었다. 그러기 위해서는 어떻게 해서든지 출가하여 수행자가 되는 것만은 막아야 했다. 그래서 생각해 낸 것이 인생의 향락을 즐기도록 하는 것이다. 여름에는 여름에 알맞은 궁전을 짓는 등 계절마다 알맞은 궁전을 지어 그곳에서 최고의 향락을 즐기도록 했다. 하지만 태자는 본래 그런 일에 흥미를 느끼는 체질이 아니다. 오히려 그런 것을 즐길수록 그 자체에 염증과 회의를 느꼈다.

향기 나고 맛있는 음식들과
여기에 애리애리한 여인들이 춤과 노래를 부르도록 하였다

나의 아들 싯닷타 태자야
너는 타고난 재능이 있으니 공부도 슬슬 하고
저 아리따운 미녀들과 젊음을 즐기기나 하여라
그리하다가 내 뒤를 이어
천하에 제일가는 전륜성왕이 되어 보아라

# 결혼•

몸에 고급 향수를 바르고
보석으로 장식을 한 관을 쓰고
보드라운 옷을 멋지게 차려입고
언제나 시중드는 사람이 옆에 따라다니고
왕자의 생활은 언제나 화려했다

이어 17세에는 미녀 가운데 미녀 야소다라와
성대한 결혼식도 올렸으나

에이, 이런 것은 내가 좋아하는 것이 아니다
부왕께서는 공연히 나를 위해 수고를 많이 하시는구나

야소다라는 나보다도 나를 더 사랑해 주고

• 당시 풍속에 따라 싯닷타 태자에게도 여러 명의 여인이 있었다고 한다. 그중에서 정실 아내인 태자비는 누구였을까? 어떤 기록에는 야소다라가 아니라는 주장도 있다. 하지만 아들은 라훌라 하나밖에 없었고, 그 아들의 어머니가 야소다라였다는 것은 분명하다. 그런 것으로 보아 태자비는 야소다라가 맞는 것으로 보인다. 야소다라와의 결혼도 경쟁자들과 승부를 겨루어 이루어졌다는 기록이 있다. 당시의 풍속이 그렇다고 한다. 일국의 태자인데다가 마음이 어질고 착한 성품의 소유자인 싯닷타는 신랑감으로서는 더할 수 없이 좋았다. 그리고 출가 전까지는 결혼 생활도 행복했을 것으로 본다.

나도 또한 그를 무척이나 사랑하지만
세상에 영원한 사랑은 어디에도 없는 것
나의 주요 관심사는 사랑이 아니다

모든 사람은 결국 늙고 병들고
마침내는 죽고야 마는 것
나도 그러하고 야소다라도 그러할 터
생각해 보니 젊음과 건강과
저 아름다움이라는 것도 참 허망한 것

언제 적당한 시기를 보아 출가를 해야지
그런 생각만 하며 조용히 나무 그늘 아래서
자주 명상에 들었다

## 사문유관(四門遊觀)*

미인들의 아름다운 춤 같은 것 노래 같은 것
그런 것에 아무 재미도 못 느끼니
지루하고 답답한 날도 많았다

태자는 궁성 밖에 나가
백성들이 어떻게 사는지 살펴본다는 핑계를 대고
답답한 마음이나 풀어 보려고
부왕에게 소풍이나 다녀오겠습니다
인사를 하고 동문으로 나갔는데

미리 청소해 놓은 길을 따라 가다가
병들어 초라한 노인 한 분이

* 옛날부터 부처님의 일대기를 문학적으로 표현한 것 가운데 팔상(八相)이라고 하는 것이 있다. 도솔래의상, 비람강생상, 사문유관상, 유성출가상, 설산수도상, 수하항마상, 녹야전법상, 쌍림열반상이 그것이다. 그중에 사문유관상(四門遊觀相)은 출가의 동기가 무엇인가 하는 것을 나타내고 있다. 길거리에서 병자를 보았다고 한다든지 늙어 허리가 굽은 노인을 보았다고 하는 것은 그 이전에는 그런 것을 보지 못했다는 뜻이 아니다. 출가를 앞두고 깊이 고심하고 있는 태자가 성 밖에 나가 사람들의 삶을 보고 다시 한 번 고뇌와 사유의 깊이를 더 심화시켰다는 것을 하나의 문학적 방법으로 표현한 것으로 보아야 한다. 사문유관상을 통하여 싯닷타가 출가한 동기와 출가 전의 근원적 고뇌가 무엇이었는가 하는 것을 잘 나타내고 있다.

지팡이에 겨우 의지하고 걸어가는 것을 보고
수레를 잠시 멈춰라
저 사람은 어찌 저리 처량하게 되었느냐?
태자님 누구나 나이 들고 늙어 힘이 다하면 저리됩니다
그래 그렇지! 오늘은 안 되겠다 그만 궁성으로 돌아가자

그다음 어느 날
이번에는 남문으로 나가 보자
역시 잘 청소해 놓은 길 위에
병들어 신음하며 누워 있는 환자를 만나
어~ 어…… 수레를 잠깐 멈추어라
저이는 왜 저토록 괴로워하며 신음하고 있느냐
태자님 누구나 늙고 병들면 만 가지 고통이 생겨나고 저렇게 신음하게 됩니다
그래 그렇지! 오늘도 안 되겠다 궁성으로 돌아가자

이번에는 새로 날을 잡아 서문으로 나가게 되었는데
역시 잘 청소한 길에
어~허 황천이 어~디~메~냐, 저~건너 안산이 황천이로구나
앞소리 뒷소리 따라 하며 상여가 나가는데
저 소리는 어찌 저리도 구슬프냐

늙고 병들어 심하게 고통 받다가
결국은 죽어 꽃상여 타고 저승으로 갑니다
저승에 가서나 고통을 벗고 행복하라는 것이지요
그래 그렇지! 오늘도 안 되겠다 궁성으로 돌아가자

정말이지 이번에는 큰맘 먹고 북문으로 나가자
청소가 잘된 길 옆 큰 나무 그늘 아래서
머리 깎고 가사 입고 반듯하게 앉아 좌선하는 이가 있어
저 사람이 누구며 무엇을 하고 있느냐?
예! 저 사람은 요즘 한참 유행하는 사문이고요
저들은 세속적인 부귀영화나 욕망은 아무짝에도 소용없다며 모두 버려 버리고
저렇게 항상 나무 그늘에 앉아 명상(瞑想)만을 합니다
아하! 그렇구나 그렇구나
깨달음을 얻고자 수행하는 이들이 저렇게 있구나
안 되겠다, 안 되겠다, 오늘도 안 되겠다
수레를 돌려라 오늘도 그냥 돌아가야 하겠다

## 아들 라훌라의 출생•

라훌라! 라훌라!
출가하는 데 방해가 된다고 해서 붙여진 이름

이거 큰일이 아니냐
태자가 갈수록 세상일에 흥미를 잃고
깊은 사색에 빠져 지내는 시간이 많아지고만 있으니
이러다가는 정말 훌쩍 출가를 하는 것은 아니냐

정반왕의 근심은 깊어지고 있는데
드디어 야소다라는 잉태를 하고
왕실의 대소가 모두 기뻐하였다
이제 되었다
아들이 태어나면 태자도 출가를 포기하겠지

• 라훌라는 인도 말로 장애 내지는 방해라는 뜻이다. 출가를 해야 할 시점을 찾고 있었던 태자에게 아들의 출생은 또 다시 끊기 어려운 애욕의 새로운 장애가 된 것이다. 그래서 아들의 이름을 라훌라라고 했다고 경전에서는 기록하고 있다. 그러나 아들의 탄생도 그의 출가를 막지는 못했다. 오히려 아들의 탄생은 그의 출가를 재촉하는 결과를 가져왔다.

그런 기대 속에 라훌라가 출생하고
숲속 나무 아래서 명상하고 있는 태자에게
태자님 기뻐하십시오
기대하던 왕자가 태어났습니다

아하! 라훌라!
출가하는 데 다시 하나의 장애가 생겨났구나

아니다. 오히려 잘되지를 않았는가
이제 부왕에게 아들 하나를 낳아 드렸으니
아무 부담도 없이 출가를 결행해야 하겠다

태자는 더욱 출가를 서두르게 되었다

## 출가•

찬나야!
애마(愛馬) 깐타까의 고삐를 잡아라
이제 왕궁을 떠나 출가(出家)할 때가 되었다
밤늦도록 춤을 추던 무희들도
태자의 궁성을 지키는 병사들도
지쳐서 깊이 잠들었다

라홀라를 안고 고요히 잠든 야소다라에게도
말 없는 작별의 인사를 했다

조용히 아주 조용히
성벽을 넘어가자
애마 깐타까도 소리 내어 울지 않는구나

• 출가를 단행한 이때의 부처님 나이는 25세라는 주장도 있으나 29세였다. '마음에 애욕을 버리면 사문이라 이름하고〔離心中愛是名沙門〕 세속을 그리워하지 않는 것을 출가라고 한다〔不戀世俗是名出家〕' 라는 말이 《초발심자경문》의 원효스님이 쓰신 〈발심장〉이라는 곳에 나온다. 부처님 이후 출가(出家)는 수행자에게 가장 중요한 의미가 되었다. 불교의 법통과 발전을 가늠하는 가장 첫 번째가 그 시대에 가장 뛰어난 인재들이 얼마나 많이 출가하여 수행하느냐에 달려 있다. 앞에서 말한 팔상(八相) 외에 부처님의 일생에서 가장 중요한 네 가지 장면은 탄생(誕生)과 출가(出家) 그리고 성도(成道)와 열반(涅槃)일 것이다. 그만큼 부처님의 출가는 불교도들에게 매우 중요한 장면이다.

보아라 저기 어둑새벽이
버릴 것을 모두 버리고
떠나는 자의 길을 열어 주지 않느냐

찬나야!
슬퍼하지 마라
나는 진리를 찾아가는 사람
깨달음을 이루면 다시 이 길로 돌아오리라

# 아노마 강이 흐르고[*]

나는 인도에 가서 보았다
아누피아 고을 아노마 강이 흐르고 있는 것을

먼동이 트는 아침시간
스물아홉의 태자 싯닷타는 아노마 강을 건너자 말했다
찬나여!
너는 이 길로 태자를 상징하는 장식품을 들고
부왕에게로 달려가 알려다오
태자 싯닷타는 스스로 머리카락을 자르고
진리를 찾아 출가하여 사문이 되었다고
세속의 욕망을 벗어나고자
깨달음의 세계 해탈을 찾아갔노라고

[*] 인도를 여행할 때 버스가 작은 강 위의 다리를 건너가고 있는데 가이드가 여기가 아노마 강이라고 했다. 그래서 급히 차를 멈추게 하고 우리 일행은 버스에서 내려 잠시 강 주변을 살펴보았다. 강물은 소리 없이 흐르고 있었고, 강 주변은 안개가 자욱하게 피어나고 있었다. 바람이 없는지 강가에 서 있는 나무의 이파리조차 흔들리지 않았다. 우리 일행들만 두런두런 하는 소리를 내고 있을 뿐 주변은 너무나 고요했다. 아! 인도는 이렇게까지 고요한 나라구나, 하는 생각을 하는데 저 멀리서 우리의 버스가 달려온 길 위로 소가 끄는 수레가 안개 속을 뚫고 다가왔다. 나는 그 소가 오는 것을 통하여 수천 년 전에 싯닷타 태자가 출가를 하기 위해 달려오는 모습을 보았다. 주변 환경은 그때나 지금이나 별반 변화한 것 같지를 않았다.

찬나여!
나를 길러 주신 어머니 마하빠자빠띠와
사랑하는 태자비 야소다라
그리고 아직 어린 내 아들 라훌라에게도
전해다오
나는 생로병사의 고해를 벗어나는
지혜와 자비의 길을 찾아갔노라고

찬나여!
나의 가장 충직한 벗이여!
만남이 있으면 헤어짐도 있는 것
너무 슬퍼하지 말고
어서 애마를 몰고
왕성으로 돌아가거라

눈물을 흘리며 찬나가 떠난 뒤
왕자 싯닷타는
사냥꾼이 짐승들을 눈속임하기 위해 입고 있는 사문의 옷을
화려한 태자의 옷과 바꿔 입고
강 언덕을 넘어 숲속으로 사라지는 것을

그 아름답고 거룩한 모습을
수천 년이 지난 오늘 새벽에
아누피아 고을 아노마 강이 흐르는 언덕에 서서
나는 보았다

## 빔비사라왕과의 첫 만남[•]

고따마[•] 싯닷타는 비록 출가하였으나
수행 길을 안내할 스승도 없고
아직은 올바른 방법에 대해서도 잘 알지 못하여
이리저리 여러 수행자들을 만나고 다녔는데

어떤 이는 하루 종일 땡볕 아래 서 있고
또 어떤 이는 가시 위에 누워 있고
또 어떤 이는 맨발로 숯불 위를 걸어다니고
또 어떤 이는 발가벗고 거리를 돌아다녔다
그들 역시 알고 보면 스승을 못 찾아 생고생을 하고 있었다

• 익히 아는 바와 같이 빔비사라왕은 부처님과 매우 가까운 사이로 가장 큰 후원자였으며, 가장 큰 영향력을 가진 재가 불자였다. 그의 도움이 아니었으면 초기 불교는 상당히 힘들었을 것이다. 처음 출가한 싯닷타는 상당 기간 수행의 구체적인 방법과 절차 같은 것을 몰라 헤매고 다녔던 모양이다. 그래서 상당한 영향력과 가르침이 뛰어나다고 하는 수행자들을 찾아 다녔다고 한다. 그런 중에 마가다국을 지나가게 되었고, 이미 가비라국의 싯닷타가 출가했다는 소문을 들어 알고 있었을 빔비사라왕은 왕사성 안을 거니는 싯닷타를 보고 단박에 알아보았다. 이때 둘은 약속을 하였다고 한다. 도를 깨달은 뒤에 자기를 찾아줄 것과 그때는 자신도 부처님을 따르는 신도가 되겠다는 것을…… 참고로 두 사람의 나이는 동갑이었다고 한다.

• 부처님의 성이다. 태자 시절에는 '고따마 싯닷타' 또는 '싯닷타 고따마' 등으로 불렸고, 부처님이 되고 나서는 '고따마 붓다' 등으로 불렸다.

그런 어느 날
당시 16국 중에서도 가장 강대국인
마가다국의 수도 왕사성을 지나가게 되었는데
성안의 사람들이 수행자 싯닷타를 보고
참 잘생겼다
필히 위대한 성자이거나
앞으로 위대한 성자가 될 사람임이 분명하다
하며 웅성거리고 있는데

이 나라의 패기 넘치는 젊은 임금님 빔비사라도
지나가는 수행자 싯닷타를 보게 되었다
급하게 수레를 몰고 수행자 싯닷타를 뒤따라가서는

내 이미 소문을 들어 알고 있나니
그대는 진리를 찾아 길을 나선 가비라국의 태자 싯닷타
대저 늙고 죽는 것은 누구나 그렇게 되는 것
어찌 그것을 해결하겠다고
무모하게도 왕위를 버리고 이렇게 출가를 했단 말이오

나는 강대한 마가다국의 왕자

우리 손을 맞잡고 힘을 합쳐 천하를 통일합시다

누구나 말하기를 늙음의 일은 늙어서
죽음의 일은 또 죽음에 임해서
그때에 조금 근심이나 하다가 말 일을
어찌 해결해 보겠다고 나섰느냐고 하지만

나의 결심은 아무도 막을 수가 없습니다
나는 아무도 가지 않은 이— 길을 스스로 가는 사람
기필코 생로병사를 해결하여 해탈을 이루고야 말겠습니다

오! 위대하신 뜻입니다
누가 당신의 반석 같은 그 뜻을 꺾을 수가 있겠소
싯닷타 부디 진리를 깨달으면 나도 제도해 주시오
나는 영원히 당신을 존경하고 따르겠습니다

## 선인(仙人)을 만남*

탐욕이나 그런 것이 다 소멸한 무소유처정(無所有處定)
그런 경지에까지 간 알라라깔라마

생각하는 것도 아니고 생각하지 않는 것도 아닌
그 정도의 경지에까지 간, 선인 웃다까라마뿟따

수행자 싯닷타는 이들에게서 그것을 단 며칠 내로 다 배우고
그러고는 더 높은 경지에까지 올라가 버렸지만
그것으로는 진정한 깨달음도
또 해탈도 아니라는 것을 알고

* 당시 인도에는 수많은 수행자들이 있었다. 이들을 그저 간단하게 외도(外道)라고 무시할 수만도 없다. 당시 수행자 집단인 사문(沙門)들이 유행처럼 생겨났고, 이들은 모두 나름대로 열심히 수행하여 상당한 경지에까지 올라간 사람들이 많았다. 그중에서 알라라깔라마와 웃다까라마뿟따는 가장 뛰어난 경지를 얻은 수행자였다. 이들 밑에서 잠시 수행을 한 수행자 싯닷타는 곧 그들보다 더 높은 경지에까지 도달하였다. 하지만 그 같은 경지에 만족하지 못했다. 그것은 완전한 깨달음이 아니고, 생사를 해탈하지도 못했기 때문이다. 이내 그들을 떠나 진리를 찾는 여행을 계속하였다. 역시 참고로 말하자면, 부처님은 성도하신 뒤에 가장 먼저 당신의 설법을 알아들을 사람을 찾았을 때 이 두 선인을 생각했다고 한다. 그들의 높은 수행의 경지가 부처님의 말씀을 잘 알아들을 수 있다고 판단했기 때문이다. 하지만 이들은 불행하게도 그때는 이미 돌아가시고 없었다. 부처님의 설법을 듣고 단시일 내에 그렇게 많은 사람들이 불교에 귀의를 하고 깨달음을 얻을 수 있었던 것은 이렇게 수행자 집단인 수많은 사문이 있었기 때문이다. 그들은 진리를 깨닫지는 못했지만 진리를 깨닫고자 하는 열망이 있었고, 그 열망으로 명상 수행을 통하여 이미 상당한 수준에까지 도달해 있었다. 그러한 수행의 경지(境地)가 부처님의 설법을 단번에 알아들을 수 있었고, 매우 빠른 속도로 교단이 발전할 수 있게 했다.

미련 없이 길을 떠나는데

한사코
자 그대는 이제 위대한 성자가 되었습니다
이제 거대한 교단을 만들어 사람들을 끌어모아 봅시다
하고 붙들며 사정하였다

아니지요, 아니지요
이것은 내가 만족하는 경지가 아니오
완전한 깨달음 그것을 찾아
나는 다시 길을 떠나가야만 합니다

선정에 들어가 있을 때는 번뇌도 없고
열반이나 해탈을 이룬 듯이 보이지만
그래도 아직 미세한 번뇌는 남아 있어
이런 것으로 어찌 완전한 해탈이라고 하리오

선인이 붙드는 옷소매를 뿌리치고
구경의 깨달음을 찾아
외롭고 고독한 길을 다시 떠났다

## 고행 육 년*

완전한 해탈
온전한 깨달음
모든 번뇌의 소멸
그것이 내가 가고자 하는 길
그러나 아무도 가르쳐 줄 스승이 없다

이제 나는 무소의 뿔처럼 혼자서 가야 한다
스스로 길을 발견하고
스스로 깨달음을 얻어야 한다
아무리 어려운 고행이라고 해도
그 누구도 이기지 못한 극심한 고통이라 해도
지독한 고독이 뼛속으로 파고들어도

* 우리가 흔히 고행 수도라고 말하지만, 불교는 고행 수도를 지향하지 않는다. 다만 부처님은 육 년 동안 고행 수도를 했다. 이는 그 길로 깨달음에 도달할 수 있다고 믿었기 때문이다. 하지만 육 년이라는 긴 세월 그 누구도 흉내 낼 수 없는 고행 수도를 하고서야 그것이 진리를 깨닫는 길이 아님을 알았다. 요즘도 장좌불와(長坐不臥)를 내세우고, 혹독한 고행 수도를 했다는 듯이 자랑하는 스님들이 있다. 하지만 부처님뿐만 아니고 역대 조사도 고행 수도를 권장하지 않는다. 불전에서 부처님의 육 년 고행을 매우 사실적으로 표현하고 있지만 그렇다고 그것이 고행을 권장하려고 하는 것은 아니라는 점을 분명히 알아야 하겠다.

나는 결단코 이루고야 말리라
해탈의 경지를

보살 싯닷타는 실로 견디기 어려운 고행을 시작하였다
참을 수 있는 데까지 호흡도 참아 보자

귓속에서 태풍이 부는 듯 커다란 소리가 일어나고
심장이 파열될 듯이 온몸으로 열기가 퍼져 나갔다

몇 날 며칠이고 물 같은 것을 안 먹고 견디는 데까지 견뎌 보자
배고픈 것도 얼마만큼 참고 견디는지 굶어 보자

어느 때는 마(麻)씨 한 알을 먹고 하루를 지내고
쌀알이나 보리알 하나를 먹고 지내기도 하니
몸은 마른 나무같이 되었고
목욕도 하지 않고
머리나 수염을 깎지도 않아
머리 위에 새들이 둥지를 틀고
어깨에 풀이 싹을 틔웠다
마을 아이들은 죽은 사람인가 하고

코나 입에 꼬챙이를 찔러 보기도 하였다

그렇게 세월은 꿈같이 흘러
고행 수도는 육 년이나 지나갔다

## 새로 시작한 7일간의 수행

### 다시 새롭게*

아득히 먼 추억 속으로
나이는 열두 살 어릴 적 부왕을 따라 농경재(農耕齋)에 갔을 때
나무 아래 앉아 자연스럽게 명상을 했던 일
그 일을 생각하고

그렇구나, 그렇구나
수행은 깊은 명상으로 이루어지는 것
육신을 괴롭히는 고행으로 이루어지지 않는구나
이제 다시 자연스러운 명상을 위해
새롭게 시작해야 하겠다

* 육 년이나 혹독한 고행을 하고서야 비로소 그것이 잘못된 수행임을 깨닫고, 다시 새롭게 수행을 시작한 동기는 어렸을 때 자신도 모르게 어떤 기운에 이끌리어 나무 그늘 아래서 명상을 했던 농경재 때의 기억이다. 그래서 즉시 고행을 그만두고 근처에 있는 네란자라 강으로 가 목욕을 하고 새롭게 수행을 했다. 지금도 인도에 가면 부처님이 목욕을 했던 그 네란자라 강이 흐르고 있다. 성지 순례단이 자주 찾는 곳이다.

고행을 그만두고
네란자라 강가로 내려가 목욕을 하고
지친 몸을 나무 그늘에서 쉬고 있는데
마을 족장의 딸 수자따• 는 지나가다가
나무 아래 지쳐 쓰러져 있는 보살을 보고
이고 가던 우유죽을 공양으로 올리니
맛있게 받아 잡수시고 기력을 되찾았다

이때 같이 수행하던 교진여• 등 다섯 수행자들은
싯닷타는 수행을 포기하는가 보다
어제까지는 그렇게 극심한 고행을 하더니
오늘은 저렇게 아름다운 여인이 주는 음식을 먹고
그만 타락하고 마는구나
우리는 싯닷타를 버리고 다른 곳으로 떠나 버리자
애석하게도 그리고 그들은 그렇게 떠나 버렸다

- 불전에 나오는 여러 이름 가운데 내가 좋아하는 이름의 하나다. 우선 우리나라 사람이 발음하기에 좋다. 수자따 하면 무언가 다정한 느낌이다. 마을 족장의 딸이라고 한다. 우연히 지나가다가 보살을 발견하고 마침 이고 가던 우유죽을 공양했다. 단순히 이렇게 우유죽을 공양했을 뿐이지만 불자들에게는 매우 중요한 인물이 되었다. 그 아가씨는 얼굴도 매우 아름다웠을 것이다.
- 태자가 출가하자 그 신변을 불안하게 생각한 정반왕이 가비라국에서 수행에 뜻을 둔 젊은 청년들에게 같이 수행하라고 보낸 사람들이다. 이들은 같이 육 년 고행을 했다. 고행 기간에는 보살의 극심한 고행을 보고 감탄도 하고 존경도 하였다. 하지만 고행을 포기하자 수행의 포기로 보고 타락했다고 단정한다. 그리고 보살을 버리고 떠나 버린다. 하지만 보살이 성도를 이룬 뒤에 가장 먼저 가르침을 받는 영광을 누린 사람들이다. 참고로 이들 다섯 비구의 이름은 '아야 교진여' '아사바사' '마하나마' '발제리카' '바사파'이다.

## 금강좌[•]에 앉아

쇠꼴을 베는 소년 솟티야에게 길상초 한 다발을 받아
보리수 아래에 있는 반석 위에 깔고
깨달음을 얻기 전에는
이 자리에서 다시 일어나는 일은 없어야 하겠다
그렇게 단단하게 마음을 다잡아 먹고
조용히 좌선 삼매에 들어가자
마왕 파순의 궁전은 크게 흔들렸다

## 마왕 파순[•]과의 대결

인간 내면의 욕망을 상징하는 마왕 파순
그가 사는 곳은 욕계에서 최고로 높은 타화자재천
부귀영화를 상징하는 것이겠지

• 부처님이 성도하실 때에 앉아 있는 자리다. 지금 부처님이 성도하신 곳은 '붓다가야', 불교 최고의 성지다. 그곳에는 대탑이 서 있다. 나는 인도에 가서 붓다가야 대탑을 보는 순간 몸에 전율을 느꼈다. 밤에 도착하여 달빛 아래서 대탑을 보는데 탑신 전체에서 알 수 없는 맑고 깨끗한 광채가 뿜어져 나오고 있었다. 바로 성도하신 그 금강좌 위에 탑을 세웠다고 한다. 지금도 보리수나무는 탑 뒤에 거목으로 상징처럼 서 있다.

• 천마라고도 하며, 탐욕의 세계인 욕계의 제6천의 타화자재천의 임금이다. 수행자가 마음을 정화하고 선정에 들면 파순의 궁전이 심하게 요동을 친다고 한다. 파순의 방해와 유혹을 능히 물리칠 수가 있어야 성도(成道)할 수 있다. 그런 뜻에서 파순은 수행자의 마음속 번뇌를 의인화한 상징이다. 파순을 항복 받는다는 것은 결국 자기 내면의 복잡한 번뇌를 항복 받는다는 말이다.

금강좌에 앉아 번뇌가 소멸하고
이제 막 깨달음의 문이 열리려고 하자
지혜의 밝은 빛이 온 마음을 비춰 주고
파순의 궁전은 더 이상 견디지를 못하고
흔들리며 무너져 내릴 준비를 하고 있다

이에 극도로 불안한 마왕은
이 일을 어찌하나
보살이 부처님이 되면 나는 설 땅이 없어지나니
어떻게 해서든지 부처님이 되는 일은 막아 보아야 하겠다
기치창검을 든 장수를 보내 공포심으로 협박도 해 보지만
마음이 움직이지 않으니 창검은 저절로 부러지고 화살은 연꽃으로 변하였다

더욱더 불안해진 마왕 파순
아! 이런 것으로는 안 되겠다
욕망 집착 성냄이라는 나의 딸들에게
아리땁고 고운 치장을 하게 하여
요리조리 유혹을 하게 해야지

보살이여! 보살이여!

되지도 않는 깨달음 그 시시한 것을 이루려고 이처럼 고생을 하시나요
공연히 헛고생은 하지 마시고 우리들과 찬란한 삶을 즐겨요
한번 간 젊음은 다시 돌아오지 않는 것
깨달음을 이룬다고 흘러간 인생을 되돌릴 수가 있나요

집착 성냄 욕망이여
너희들은 더 이상 나를 유혹하지 마라
나는 너희들을 미워하지도 않지만 사랑하지도 않나니
쾌락에는 그만한 고뇌가 따르고
욕망은 채워도, 채워도 갈증만 깊어지는 것
무엇을 집착하고 무엇을 성낼 것인가
이제 아무것에도 걸리지 않는 나의 마음은
자유와 평등이니 해탈과 열반을 얻었음이로다

한 생각이 바뀌면 번뇌는 보리가 되는 것
집착과 성냄과 욕망은 보살에게 머리 숙여 용서를 빌었다

이를 지켜본 파순은 불같이 화를 내고
하늘을 덮고도 남을 권력과 명예와
그리고 무엇이든지 원하는 대로 다 주겠다고 마지막 유혹을 했다

하지만 보살은 더 이상 이런 유혹을 초월하여 움직이지 않았으며
누구나 수없는 생애를 윤회하면서
욕망의 늪에 빠져서 그런 것을 다 경험했거늘
너는 겨우 그런 것으로 나를 유혹하려고 하느냐
하고 마왕 파순을 크게 꾸짖었다

## 대지의 신이 증명을 하고*

나를 꾸짖지만 마시고
끝으로 나의 한마디 말을 들어 보세요
보살이여!
그대가 번뇌를 끊고 깨달음을 이루었다고 하지만
그것은 그대의 마음속에서 일어난 일
그것을 누가 증명할 수가 있나요

* 불상을 조성할 때 부처님의 여러 가지 손 모양을 볼 수 있는데 이 손 모양을 수인(手印)이라고 한다. 대표적인 몇 가지를 보면 선정인(禪定印), 전법륜인(轉法輪印), 시무외인(施無畏印), 여원인(與願印), 통인(通印), 항마촉지인(降魔觸地印), 지권인(智拳印), 합장인(合掌印) 등이다. 그중에서 우리나라의 많은 불상은 대체적으로 선정인(禪定印)과 항마촉지인(降魔觸地印)이다. 이 항마촉지인이 바로 부처님이 성도 직전에 마왕 파순의 항복을 지신이 증명했다고 하는 것을 상징하는 모습이다. 우리나라를 대표하는 최고의 불상인 경주 석굴암의 부처님도 항마촉지인을 하고 있다. 그럼 왜 마왕 파순의 싸움에서 승리했다고 하는 것을 대지의 신이 증명을 하는 것일까. 나는 개인적으로 이는 다수 대중을 상징한다고 본다. 그러니까 석가세존이 스스로의 싸움에서 승리했다고 하는 것을 객관적으로 누가 증명하느냐? 바로 땅으로 상징되는 다수 대중이 증명한다는 뜻이다. 아니, 오늘 우리 불자들이 부처님의 가르침을 따라 수행하는 것 자체가 시공(時空)을 뛰어넘어 부처님의 깨달음을 증명하고 있는 것이다. 이보다 더 분명한 증명이 어디 있겠는가. 항마촉지인은 바로 그것을 상징하고 있다.

이에 보살은 조용히

아주 조용히

한 손가락으로 대지를 가리키는 항마촉지인을 하시니

땅은 크게 진동을 하고

대지의 신은 보살이 번뇌를 끊고 파순과의 싸움에서 승리했음을 증명했다

수많은 하늘의 신들도 내려와 승리를 찬탄하고

보살은 더욱 깊이 더 높은 선정에 들어갔다

# 성도(成道)*

드디어 동쪽 하늘에 명성이 빛나는 새벽
모든 장벽은 모두 다 무너지고
문이라는 문은 모조리 열렸다

* 부처님이 도를 깨달은 성도의 장면은 얼마나 장엄하고 위대한 것일까? 실로 언어의 한계를 느끼고 나의 능력에 부족을 절감한다. 옛 사람들이 여기에 이르러 언어도단(言語道斷)이라고 한 것을 십분 알겠다. 우리나라에서는 음력으로 12월 8일이 부처님이 도를 깨닫고 부처님이 되신 날이다. 이날을 성도절이라고 한다. 지금도 우리나라의 전통으로 조용히 12월 즉 납월 초하루부터 용맹정진(勇猛精進)을 시작하여 8일 새벽에 회향을 한다. 떠들썩하게 소란을 피우면서 하는 행사가 아니라, 그때 그날 부처님이 하셨던 수행을 몸소 실행하여 조용히 그 의미를 새기는 것은 뜻깊고 아름다운 일이다. 참고로 오늘날 동서양을 막론하고 사용하고 있는 역법(曆法)은 다양한 역사적인 배경과 여러 과정을 거쳐서 발전했다. 그래서 모든 민족은 나름대로 천문학을 발전시켰고, 태양의 주기적인 움직임과 달과 별들의 움직임을 관찰하여 역법을 만들었다. 그래서 그리스의 역법과 인도의 역법과 중국의 역법이 각기 다르다. 중국에서도 새로운 왕조가 탄생하면 역법을 더욱 정확하고 정밀하게 만들려는 노력을 하였다. 그럴 수밖에 없는 것이 정확하고 통일된 날짜와 시간을 지배하는 것이 천하를 지배하는 것이 되기 때문이다. 그렇게 오랜 세월과 과정을 거쳐 발달해 온 것이 우리가 지금 사용하고 있는 역법이다. 따라서 우리가 부처님의 성도일을 음력 12월 8일이라고 하는 것이 어느 시대 무슨 역법을 기준으로 하였느냐 하는 문제를 따지게 되면 매우 복잡한 문제가 된다. 오늘날 우리가 양력이라고 하여 사용하는 역법은 그레고리력이라고 하는 것인데 이 역법은 지구가 일 년을 단위로 태양을 한 바퀴 도는 것을 기준으로 만들었다. 이 역법은 달의 변화를 고려하지 않은 약점이 있다. 그런데 이런 치명적인 약점을 가지고 있지만 지금 이 역법을 사용하고 있다. 이에 반하여 지금도 우리가 많이 사용하고 있는 음력이라고 하는 역법은 중국에서 발전한 것으로 적확하게 말하면 태음태양력이다. 달의 주기적인 변화인 삭망에 맞추어 월(月)을 정하고, 이 달(月)이 일 년 동안의 변화가 12달이 되는데 여기에 태양의 변화를 맞추었다. 그렇게 하여 이미 유엔에서도 양력보다는 음력이 더 정확하고 실용적이라는 결정을 했다. 하지만 관성을 바꾸기가 어려워 양력을 사용한다. 그러한 이 음력도 중국의 한나라 무제 때 제정되었던 것을 역대의 왕조가 끝없는 연구를 거듭한 끝에 청나라까지 이어졌다. 지금 우리가 음력이라고 하여 사용하는 역법은 이렇게 동양 천문학의 총집결이라고 보아야 한다. 이러한 역법의 변화와 발전 과정으로 보면 부처님이 활동하셨던 시기의 인도 역법과 오늘날 우리가 사용하는 이 역법과는 상당한 차이가 있을 수밖에 없다. 한 일례로 서양의 양력에도 그레고리력과 그 이전에 사용하던 율리우스력 사이에는 10일 정도의 날짜가 차이가 난다. 중국에서도 이미 고대 왕조에서도 역법을 사용하였다. 하지만 통일된 역법은 진시황제 때부터다. 그것도 기원 222년 전이라고 한다. 나는 전문가도 아니거니와 여기서 너무 번거롭게 말할 수는 없지만 이러한 연유로 해서 불교의 연대를 측정하는 것이나 기념일 등을 지정하여 사용하는 것이 각 나라마다 약간씩 차이가 있고 또 정확하다고 할 수 없다는 말이다. 다시 한 번 참고로 말하자면 조선시대 효종이 청나라에서 볼모로 있다가 돌아오면서 가지고 온 청나라의 시헌력을 공식적인 역법으로 구한말까지 사용했다. 그러다가 고종이 1896년 그레고리력을 도입하여 사용하기 시작하였는데 현재 우리가 사용하는 양력이다. 끝으로 한마디, 고대인들의 생년월일로 기록되어 있는 것들은 상당 부분 이렇게 허구인 경우가 많다.

고행에서 오는 아픔도 초월하고
마음은 온갖 차별을 뛰어넘어
자유로운 해탈과 평화의 열반에 도달하니
아! 아무도 감히 여기에는 방해하지 못한다
모든 속박으로부터 벗어났도다

아무 방해도 없이
초저녁에는 천안통에 들고
한밤중에는 숙명통에 들고
드디어 새벽
동쪽 하늘에서 빛나는 명성을 보는 순간
모든 장벽은 모두 다 무너지고
문이라는 문은 모조리 열리고
열반의 세계가 드러나니
인류 최초로 진리를 깨달은 성자 부처님이 되셨다

## 신들의 찬양을 받으시고*

이때 나이는 서른다섯이고
때는 현재 우리가 사용하는 음력 12월 8일

비로소 인류는 스스로의 역사에 주인공이 되고
생명의 더할 수 없는 존귀함을 알았으며
진정한 평화와 자유의 가치를 알게 되었다

사람이 우주의 주인이 되었다
이것은 역사의 새로운 시작이며
가장 위대한 혁명이다
그렇다 혁명 중에서도
가장 위대한 혁명이다

* 옛날이나 지금이나 부처님의 전기를 기록하는 사람들의 입장에서 보면 부처님이 성도하셨다고 하는 것을 기록하는 것에 언어의 한계를 느끼는 어려움이 있다. 인류 최초 인류의 존엄성과 가치를 알리는 새로움의 시작을 어떻게 표현할 수 있단 말인가. 아! 그것은 오직 신들의 찬양과 하늘의 음악뿐이었다. 들릴 듯 말 듯 조용하게 울리면서도 하늘이 찢어지는 듯한 장중함, 귀의 한계를 넘어서는 웅장한 소리지만 더할 수 없이 고요하여 나뭇잎들조차도 흔들리지 않는 그런 고요함, 그러한 음악으로 심장을 울리고 잠자는 영혼을 울리는 그런 음률로 찬양하는 하늘 음악, 그것이 부처님의 성도를 찬양하는 음악이며 언어를 뛰어넘는 찬양이었다.

생과 사의 미망에서 벗어난 이
존재의 실상을 깨달은 이

인류에게 올바른 세계관을 열어 주시고
자기 삶에 주체가 되고 주인이 되게 하신 이

하늘의 신들은
꽃비를 뿌리고
스스로 악기를 연주하니
소리도 없는 그 고요한 소리는
인간의 내면에서 하늘까지 울리고
귀로는 들을 수 없는 그 큰 소리는
아무 파장도 없이 천지를 흔들었다

신들이 소리 높여 찬양하는 노래를 부르니
깊이 잠자는 영혼을 울리고
무딘 감성을 흔들어 깨어나게 했다

이제 비로소 인류는 진정한 스승을 얻었도다.
미망에서 헤매는 인간들이여

눈이 있는 자는 보라
귀가 있는 자는 들어라
우주 진리의 말씀을

## 연기법•

깨달음을 이루고 난 뒤에도
선정에서 나오지를 않으시고
여기저기로 한 자리에서 각기 7일 씩
자리를 옮겨 앉으면서 49일 동안 열반의 즐거움에 계셨다

이것이 있으면 저것이 있고
저것이 일어나면 이것이 일어나고

저것이 사라지면 이것도 사라지고
이것이 없어지면 저것도 없어진다

중생의 고통과 고민이 어떻게 성립하고
다시 그 원인을 추구하여 소멸시키는 법을
혹은 순차적으로 혹은 역순으로 명상하시니

• '이것이 있으면 저것이 있고〔此有故彼有〕 이것이 생기면 저것이 생긴다〔此起故彼起〕 이것이 없어지면 저것도 없어지니〔此無故彼無〕 이것을 소멸하면 저것도 소멸한다〔此滅故彼滅〕'라고 하는 것이 연기법의 가르침이다. 중국의 주역이 세계를 음양 이분법으로 해석한다면 불교는 세계를 연기로 해석하고 있다. 연기법이야말로 우주의 진리이다. 연기를 알면 우주의 진리를 안다. 대승불교의 공(空)도 연기의 다른 표현이며, 선종의 무일물(無一物)도 연기의 표현이다.

무명(無明)이 사라지면 행(行)이 사라지고

행(行)이 사라지면  식(識)이 사라지고

식(識)이 사라지면 명색(名色)이 사라지고

명색(名色)이 사라지면 육처(六處)가 사라지고

육처(六處 눈 귀 코 혀 몸 마음)가 사라지면 촉(觸)이 사라지고

촉(觸 감각과 대상의 접촉)이 사라지면 수(受)가 사라지고

수(受 감수 작용)가 사라지면 애(愛)가 사라지고

애(愛 맹목적 충동 망집 갈망에 비유됨)가 사라지면 취(取)가 사라지고

취(取 집착)가 사라지면 유(有)가 사라지고

유(有 생존)가 사라지면 생(生)이 사라지고

생(生 태어남)이 사라지면 노사(老死)가 사라지나니

이것을 십이인연법이라고 하나니라

번뇌란 끊어서 없애는 것이 아니라

일어나지 않게 하는 것이다

여래는 번뇌가 일어나지 않으므로

항상 열반이고

지혜가 걸림이 없음으로

또한 항상 열반이니라

# 설법•을 망설이시고

내가 깨달은 이 법은

참으로 깊고도 오묘한 것이라

사람들은 아직 보지도 듣지도 못했으니

내가 저들을 위하여 말해 주고자 하나

저들은 귀와 눈을 닫고

알아들으려고 하지도 않을 것이다

이 일을 어찌하나

이 일을 어찌하나

도대체 이 일을 어찌하면 좋단 말이냐

탐욕과 집착과 애욕에 빠진 저들을

• 깨달음을 이루고 난 부처님은 처음에 많이 망설였다고 한다. '내가 깨달은 이 법을 중생들이 알아듣지 못할 것이다. 그러니 차라리 법을 펴는 일을 포기하고 그냥 바로 열반에 들어가야 하겠다'는 생각을 했다는 말이다. 그러나 이때도 하늘의 범천(梵天)이 내려와 세존에게 간청했다. 중생들 가운데는 반드시 부처님의 설법을 듣고 깨달음을 이룰 사람들이 있다. 그러니 그들을 위하여 설법해 주십사 하는 청(請)을 했다. 사실 수많은 사람이 부처님의 설법을 듣고 눈물, 콧물을 흘리며 찬탄하고 감동을 받아 깨달음을 이루었다고 하지만 오늘날까지도 불교를 이해하지 못하는 사람이 많고, 심한 경우는 부처님의 가르침을 왜곡하고 비난하는 사람들도 있다. '진리를 깨달으라' 하는 가르침에 대하여 왜 무엇을 오해할 것이 있고, 비난해야 할 것이 있는지 나는 이해하지 못한다. 그 누구든지 진리 앞에서는 겸손하고 한없이 겸허해져서 자신의 알음알이가 진정 참된 것인가에 대하여 끝없이 반성하고 의심하고 참구해야 하는 것 아닌가? 자신이 알고 있는 것이 유일한 진리라고 말하는 오만함, 자기의 주장이 가장 옳은 것이라고 하는 고집, 오직 자기 것만이 유일무이한 절대적인 것이라고 하는 주장, 이런 중생들에게 어떻게 진리를 말할 수 있으랴. 부처님이 설법을 망설였다고 하는 것은 이해가 가는 일이다.

어찌하나, 어찌하나
어떻게 해서든지 무명을 벗어나게 하여
저들에게 존재의 실상을 깨닫게 해야 할 터인데

그렇구나, 그렇구나
마치 연꽃이 흙탕물에서 피어나지만
흙탕물에 더럽혀지지 않고
항상 깨끗하게 피어나듯이
탐욕과 이기심이 가득한 세상이라도
누구나 연꽃처럼 깨끗하게 피어날 수 있나니
중생들은 나의 설법을 듣고
반드시 스스로가 부처님인 줄을 깨달으리라

자리를 털고 일어나야지
귀 있는 자는 듣고 눈 있는 자는 보아라
나는 존재의 실상을 알리려 세상으로 나가리라

## 부처님을 알아보지 못한 우빠까*

길에서 성자를 만나도
눈이 열리지 않으면 듣지 못하고
귀가 열리지 않으면 보지 못하나니
거울 속의 자기 얼굴을 보고도
누구인지 알지 못하는 것처럼

길에서 수행하는 우빠까는
인류의 스승 부처님을 만나고도
당신은 매우 고요하게 보이십니다
출신은 어디이며 누구의 제자입니까
그것만 겨우 물어보았다

나는 일체를 이긴 자요

* 불전에는 부처님의 설법을 듣고 감동을 받고 깨달음을 이룬 사람만 기록하지 않았다. 부처님의 설법을 듣고도 아무 감동도 느끼지를 못하고 만 사람까지도 기록하고 있다. 우빠까는 부처님이 이리저리 처음 교화를 할 대상의 사람을 찾다가 교진여 등 다섯 사람을 생각해 내고서 그들을 찾아 다소 긴 여행길에 오르기로 한다. 그 여행길에 만난 사람이다. 그는 이미 당시의 유행을 따라 수행을 하는 거리의 사문이었다. 세존의 밝고 고요한 얼굴을 보고 깊이 감동하여 '고요하게 보이십니다' 하는 말을 한다. 하지만 그것으로 끝났을 뿐 부처님의 제자가 되지 못했다. 매우 아쉽고 안타까운 일이다.

일체를 아는 자요
나는 스승도 없고 누구에게 소속되지 않은
스스로 진리를 깨달았나니
신들조차도 나와 견줄 자는 없느니라

나는 하늘과 인간의 스승이니
눈먼 이들을 진리로 인도하고
고뇌의 바다를 건너게 하리라
지금 진리를 전파하러 가노라 카시마을로

이처럼 웅장한 말씀을 듣고도
우빠까는 부처님의 말씀을 알아듣지 못했으니
최초의 제자가 되고 깨달음을 이룰 기회를 놓치고 말았다
아! 참 아쉽다
눈과 귀가 어두운 우빠까여!

# 초전 법륜*

카시 마을

녹야원

아니 저기 오고 있는 건 고따마가 아닌가

그는 이미 고행을 포기한 타락자

우리는 반기지 말고 그냥 무시하기로 하세

그러나 고따마 붓다께서 가까이 오자

얼굴에는 성자만이 가질 수 있는 광채가 나고

* 교진여 등의 다섯 수행자들은 녹야원(鹿野苑, sarnath)에 있었다. 얼마나 그 이름이 아름다운가. 사슴 동산이라니. 옛날 왕이 사슴을 방목하였다고 해서 붙여진 이름이라고 한다. 처음 먼 곳에서 오고 있는 부처님을 보고 이들 다섯 수행자들은 '저기 타락하여 고행 수도를 포기한 싯닷타가 오고 있다. 가까이 오더라도 못 본 체하고 인사를 하지 말자'라고 했다 한다. 요즘 말로 하자면 왕따를 하려고 했다. 하지만 정작 부처님이 가까이 오시자 그들은 직감적으로 진리를 깨달아 부처님이 되셨구나 하는 것을 느꼈다. 그래서 누가 먼저라고 할 것도 없이 동시에 일어나 경배를 하고 자리를 만들어 드리고 설법을 청하였다. 이로써 부처님의 최초 설법이 시작되었고, 이를 초전법륜이라고 한다. 비로소 인류에게 법음이 전해졌다. 지금 인도에는 불교 사대 성지 가운데 하나로 녹야원이 보존되어 있다. 초전법륜탑이라고 하여 거대한 원형으로 세워져 있다. 우선 단순하면서도 그 웅장하고 큰 것에 놀랍다. 중국이나 인도 같은 땅덩어리가 큰 나라의 사람들은 무엇이든지 크게 만드는 것을 좋아하는 특성이 있다. 이 탑을 중심으로 옛 사원의 터가 남아 있다.  근처에는 박물관도 있다. 수많은 스님들의 전탑도 있다. 여기는 1835년도에 대대적인 발굴 작업이 이루어졌다고 한다. 이때 대탑에서는 석판 하나가 발견되었는데 '제법은 인연을 따라 생겨나고〔諸法從緣生〕 제법은 인연을 따라 사라진다〔諸法從緣滅〕. 우리 스승 대사문께서는〔我師大沙門〕 항상 이와 같이 설법하셨다〔常作如是說〕.' 라는 내용이 새겨져 있었다고 한다. 초기에 부처님이 하신 설법의 내용이 바로 이것이다.

알 수 없는 엄숙함이 보였다

교진여 등은 저절로 일어나
자리를 정돈하고 부처님을 모시니

그대들이여 나를 보라
쾌락에 빠지는 것이나
고행에 몰입하는 것이나
모두 양극단이니
나는 이 둘을 버리고 중도를 깨달았도다

모든 생명은 생로병사의 괴로움〔苦〕이 있고
이러한 괴로움은 애욕 집착〔集〕에서 생기며
애욕과 집착이 소멸〔滅〕하면 이를 열반이라
나는 열반에 이르는 길〔道〕을 가르치느니라

## 삼보•

녹야원에서 다섯 비구에게

초전 법륜을 굴려 법을 설하시니

부처님과 부처님의 설법과 부처님의 제자들

비로소 이렇게 삼보(三寶)가 갖춰지고

위대한 불교의 교단이 이루어졌도다

• 사실 오늘날 우리가 말하는 삼보(三寶)는 부처님이 열반하신 뒤에 생긴 신앙적인 개념이다. 초기 교단에서는 삼보라는 개념이 없었다. 하지만 이미 초전법륜을 굴리고 교진여 등 다섯 사람이 부처님의 최초 제자로 비구가 되었을 때 이미 교단이 형성되고 삼보가 갖추어졌다. 법을 설하시는 부처님과 부처님의 설법인 교설과 그리고 그 교설을 통하여 제자가 되고 깨달음을 이룬 비구가 생겨난 것이다. 이렇게 불교는 처음에 매우 작고 단순한 형태로 출발을 하였다.

## 부잣집 아들 야사•

녹야원에서 가까운 와라나시
그 와라나시에서도 가장 큰 부잣집 아들
야사는 어여쁜 아내와 수많은 시녀들과
밤낮으로 술 마시고 노래하고 노는 것으로
삶의 한 기쁨으로 여겨 즐기고만 있었다

그 어느 날도 밤늦도록 진탕으로 술을 먹고
취하여 자다가 잠이 깨어 일어나 보니
사랑하는 아내도 또 춤추던 시녀들도

• 부르기 좋은 이름 야사. 그는 와라나시에서 제일 부유한 집안의 아들이었다. 세상에 아무것도 아쉽고 부족한 것이 없었던 그는 그저 진탕으로 먹고 노는 것이 유일한 즐거움이었다. 그러다가 밤에 잠이 깨어 모두들 너부러져 자는 꼬락서니를 보고 정신이 번쩍 들었다. 그렇게 해서 출가를 했는데, 그의 출가는 초기 교단에 큰 힘이 되었다. 우선 부잣집의 아들이 출가를 하니 와라나시 전체에 큰 화젯거리가 되었고, 그와 잘 어울려 놀던 친구들도 수십 명이나 같이 출가를 하게 되니 비구의 숫자가 늘어났다. 그들이 모두 부잣집 자제들이었고, 그중에서도 특히 제일 부잣집 야사의 부모님도 재가 신도가 되었다. 이렇게 하여 불교는 와라나시를 중심으로 발전하기 시작했다. 와라나시는 불교 역사에 매우 의미 있는 도시다. 지금도 인도에서 중요한 도시 중의 하나이고, 힌두교의 도시로 알려져 있다. 역대로 불교의 위대한 고승들이 이 도시에서 많이 배출되었다. 부처님 당시에는 카시 왕국의 수도였다. 저 인도를 대표하고 《금강경》에도 나오는 그 유명한 '항하(恒河)'도 이 도시로 흐른다. 《불소행찬》을 저술한 마명이 활동했던 도시이기도 하다. 역시 인도 여행 중에 와라나시에 갔었다. 항하가 흐르는 강가에서는 죽은 사람들을 연신 화장하고 있었다. 인도의 풍광이라는 것이 부처님 당시나 지금이나 별로 변한 것이 없는 듯이 보이는 것이 또한 매력이다. 나는 깊은 감회에 빠져 강가의 모래사장을 걸을 때는 신발을 벗고 맨발로 걸었다. 부처님도, 야사도, 그리고 마명도 이렇게 이 모래밭을 맨발로 걸으면서 명상에 깊이 빠지곤 했을 것이다.

너부러져 잠에 곯아떨어져 있는 꼴이
무슨 걸레들을 쑤셔 놓은 듯이 추하게 보였다

참 보기 싫게 추하기도 하구나
저런 것을 내가 즐기고 있었구나

그래도 마음의 본바탕은 순수했던 야사
그 길로 미친 듯이 새벽에 집을 뛰쳐나와
숲속을 짐승처럼 울부짖으며 헤맸다

마침 밝아 오는 아침 좌선을 하던 부처님은
야사야 너 다행히 잘 찾아왔구나
그렇게 무작정 미친 듯이 날뛰지만 말고
이리 와서 일단은 너의 그 흥분된 마음을 가라앉히고
그리고 돌이켜 생각해 보아라

쾌락이라는 것은 끈끈한 점액 같은 것이라
그것에 한번 발을 들여놓기만 하면
여간해서 빠져나오기가 힘든 것 아니냐
너는 그래도 용하게도 잘 빠져나왔다

그것만으로도 썩 훌륭한 일이니
이제부터는 그런 질퍽한 삶을 버리고
여기서 나와 같이 청정한 수행을 한번 해보자

이렇게 부잣집 아들 야사의 출가는
불교의 교단이 발전하는 데 속도를 더했다
이후 야사의 부모님은 큰 시주자가 되었고
야사의 친구들 54명도 야사를 따라 스님이 되었다

# 전도 선언*

많은 사람들의 이익과 행복을 위하여
비구들이여 전도의 길을 떠나라
그대들은 이제 진리를 깨달았다
아무것에도 걸림이 없는 자유의 아라한
세상을 향하여 자비심을 실천하라
하늘이나 사람이나 그리고 모든 생명들의
평화와 안락을 위하여 법을 전하라

두려움이 없는 사자처럼
덕상(德像)을 갖춘 코끼리처럼
그물에 걸리지 않는 바람처럼
혼자서 가라 두 사람이 한 길로 가지 마라
자유인은 남의 흉내를 내지 않나니

* 《아함경》에 나오는 전도 선언은 언제 읽어도 가슴을 울렁이게 한다. 야사의 출가로 인하여 비구의 숫자가 수십 명으로 늘어나자 부처님은 전도를 선언하고 모두 떠나라고 한다. 그것도 둘이서 한길로 가지 말고 각기 혼자서 가라고 한다. 이는 불교의 특성을 나타내는 말로서, 후에 선사들은 부처님이 가신 길을 향하여 가지 말고 각기 자기의 길을 가라고 외치는 것과 같은 의미다. 불교는 각자가 자신의 깨달음을 이루고 그리고 각자 자기의 길을 가는 그런 종교다. 소름이 돋는 대-자유의 선언이며 가르침이다.

비구여! 그대들은 대아라한
어디든지 사람이 사는 마을이면 찾아가
아름답고 장엄한 설법을 하라
처음도 좋고 중간도 좋고 끝도 좋은
여래의 법을 거침없이 설하라
마음이 순박하고 깨끗한 사람들이
진리의 깨달음을 위하여
그대들의 설법을 기다리고 있다

나도 이제 다시 전도의 길을 떠나리라
우루웰라의 세나니 마을로
그리고 사람들이 기다리는 여러 도시로
발길을 멈추지 않고 전도하리라

## 너 자신을 찾으라•

젊은 청년들아
들뜬 마음을 멈추고
여기 잠시 앉아 보아라
숨을 길게 들이마시고
그리고 천천히, 천천히 내쉬어라

자! 이제 너희의 마음이 고요해졌느냐
그럼 한번 돌이켜 생각해 보자
너희가 잃어버린 물건과
그 물건을 훔친 여인을 찾는 일 그것하고
잃어버린 너희 자신을 찾는 일
이 중에 어느 것이 더 중요하다고 생각하느냐

• 전도의 선언을 한 뒤에 부처님은 우루웰라로 가셨다. 그리고 그 도시의 어느 숲속에서 젊은 청년들이 야유회를 나왔다가 같이 놀러 온 여인 중의 한 사람이 그들의 물건을 훔쳐 달아나자 그 여인을 찾고 있는 것을 만나게 된다. 그들은 우루웰라의 촉망받는 젊은 청년들로서 부처님께 '이 앞으로 지나가는 여인을 보지 못했습니까?' 하고 묻는다. 그러자 부처님은 그들에게 그 여인을 찾는 것과 잃어버린 너희 자신들을 찾는 것 중에 어느 것이 더 중요하냐고 묻는다. 매우 직설적인 질문이다. 나는 처음 이 대목의 경전을 읽다가 스스로 너무나 놀라서 며칠 동안이나 멍멍했었다. 수천 년 시공의 차이를 가진 나도 그러했는데 당시 그 젊은 청년들에겐 얼마나 충격적인 질문이었겠는가. 그들은 '그야 말할 것도 없이 자기 자신을 찾는 것이 더 중요하지요'라고 답변한다. 그리고 부처님의 설법에 이끌리어 자기 자신을 찾는 수행자가 된다. 이렇게 불교는 폭발적이고 충격적으로 사람들에게 파급되었고, 교단은 발전을 하게 된다.

망설이지 마라
우물쭈물하지 마라
잃어버린 너희 자신을 찾는 일을

날씨가 화창하여 소풍하기 좋은 날에
우루웰라의 부잣집 청년들이 야유회를 하던 중
귀중품을 도둑맞는 일이 벌어졌다

부처님이 숲속에서 좌선하시는 것을 보고
혹시 여기로 도둑질을 한
여인 하나가 지나가는 것을 못 보셨는지요
하고 묻는 그 청년들에게
그 여인을 찾기보다는
잃어버린 너희 자신을 찾아라
그렇게 부처님은 설법하셨다

청천벽력 같은 이 설법을 들은
그들 청년은 모두 서른여 명
역시 출가하여 수행자가 되었다
모두 자기 자신을 잃어버리고 있었으므로

# 천한 사람•

이 비렁뱅이 거지야!
천하디천한 사문아!
우리 집은 신성한 불을 섬기는 집
너에게 나눠 줄 밥은 없다
왜 우리 집 앞을 지나가느냐?

어느 날 와라나시 사밧티 거리를 혼자 걸어가고 계시는데
불을 섬기는 바라문이 갑자기 집에서 뛰쳐나오며 소리쳤다

• 인도의 카스트(cast)는 아주 유명하다. 브라흐마나(바라문), 크샤트리아(무사와 왕족), 바이샤(농민과 상공인), 수드라(불가촉천민) 등으로 나뉘는데 본래 기원전 1,500여년 정도 전에 아리안족이 인도를 침범하여 정복하면서 원주민과 피부색이 달라 그들을 제도적으로 지배하기 위해 만들어진 제도라고 한다. 그래서 순혈을 유지한 브라흐마나는 제사장으로 사회의 지식과 사상을 지배하고, 크샤트리아는 무사로서 왕족과 귀족들이며, 이 두 계급이 지배계급이었다. 여기에 바이샤는 농업과 상공업을 하고 일정 수익을 세금으로 냈다. 여기에 수드라는 천민으로 마을 근처에 살면서 온갖 잡역을 담당하였다. 경전에는 이러한 천민 출신이 출가하여 대아라한으로 국왕이나 브라흐마나로부터도 존경받았다는 이야기가 자주 나온다. 카스트라는 말은 본래 인도 말이 아니고 포르투갈의 말로 순혈(純血)이라는 뜻이라고 한다. 그들이 인도에 처음 들어가서 사성계급제도를 보고 순혈제도라고 한 말에서 유래한 것이다. 바라문들은 좋은 교육을 받고 많은 재산을 조상으로부터 물려받았다. 이들은 가문의 전통을 중요하게 생각하고 잘 지켰다. 그들은 문화적이며, 사회가 요구하는 윤리와 도덕을 잘 지켰다. 많은 사람들이 그들을 존경했고, 추종했다. 그래서 그들은 스스로 자신들을 고귀한 신분이라고 생각했다. 그에 비해서 사문인 부처님은 밥을 빌어먹는 신분이고, 사회적인 계급을 무시했다. 바라문의 입장에서 불교의 사문들은 질서를 문란하게 하고 전통을 무시하는 불온하고 천박한 이들로 보였을 것이다. 그래서 바라문은 부처님을 향하여 '천하디천한 사문아' 하고 욕을 한 것이다. 여기 이 설법은 사람은 타고난 계급으로서 천한 사람과 고귀한 사람으로 구별되는 것이 아니라, 그 사람이 하는 행위에 의해서 천한 사람도 되고 고귀한 사람도 되어야 한다는 부처님의 선언이다. 사실상의 계급을 부정한 말씀으로 매우 중요한 의미를 지니고 있다. 아직도 인류에게 평등은 실현되지 않고 있으며, 계급이 없어지지 않고 있는 현재 우리에게도 매우 의미 있는 설법이자 살아 있는 부처님의 가르침이다.

바라문!
당신은 무엇이 천한 것이며
어떤 사람이 천한 사람인지 알기나 하시오

별것도 아닌 일에 화를 잘 내는 사람
포용하고 용서할 줄을 모르고 원한 같은 것을 품고 사는 사람
간사하고 악독하여 남의 아름다운 덕행을 질투하는 사람
남을 모함하고 함정에 빠뜨리는 사람
이런 사람이 천한 사람입니다

싸움을 좋아하여 시비를 잘하는 사람
함부로 생명을 죽이고도
연민하고 동정하는 마음이 없는 사람
마을과 도시를 독재 권력으로 지배하고
나라의 백성을 억압과 탄압으로 지배하는 사람
그런 사람이야말로 천한 사람입니다

일을 시키고도 정당한 임금을 주지 않고 착취하는 사람
개인에게나 국가 사회에 큰 빚을 지고도 갚지 않는 사람
남이 가진 것을 탐내어 도둑질을 하는 사람

이해관계로 거짓된 증언을 하는 사람
재물이 풍족하면서도 늙은 부모를 모시지 않는 사람
정파나 계파의 이익을 위해 거짓말하는 사람
그런 사람은 참말이지 지탄받는 천한 사람입니다

갖추고 있는 도덕이 없으면서 남의 지도자가 되려고 하는 사람
남의 사상이나 종교를 비난하고 자기만이 절대적으로 옳다고 주장하는 사람
자신의 야심 때문에 친구를 배신하는 사람
무엇보다 세상을 속이고 끝내는 자식이나 부모까지도 속이는 사람
그런 사람이 가장 천한 사람입니다

사람이란 날 때부터 천한 사람과 고귀한 사람이 따로 있는 것이 아니며
돈이 많고 권력이 세고 명예가 높다고 고귀한 사람이 되는 것이 아니며
부모에게 물려받은 신분이 자신을 고귀하게 만들어 주는 것도 아닙니다
사람이란 누구나 평등하며
그 하는 행위에 따라 천한 사람이 되고
고귀한 사람도 되어야 하는 것입니다
남에게 존경받고 싶은 사람은 스스로 존경받을 행동을 해야 하나니
여래의 법에서는 타고난 신분으로 천한 사람과 고귀한 사람을 구별하지 않습니다

이렇게 바라문에게 설법하자

훌륭한 말씀입니다

훌륭한 말씀입니다

마치 넘어진 사람을 일으켜 주고

물에 빠진 사람을 건져 주듯이

여래께서는 참 좋은 말씀을 해 주셨습니다

이제야 비로소 천한 사람과 고귀한 사람을 알게 되었습니다

저는 바라문이라는 신분을 버리고 부처님을 따라 수행자가 되겠습니다

## 산상 설법•

모든 것은 불타고 있다

눈이 불타고

눈으로 보는 대상이 불타고 있다

귀가 불타고

귀로 듣는 대상이 불타고 있다

코가 불타고

코로 냄새 맞는 대상이 불타고 있다

혀가 불타고

혀로 맛보는 대상이 불타고 있다

몸이 불타고

몸이 접촉하는 대상이 불타고 있다

마음이 불타고

마음으로 생각하는 대상이 불타고 있다

모든 감각의 대상이 불타고 있다

• 산의 이름은 상두산(象頭山)이라고 한다. 우루웰라 근처에 있는 산이다. 이 산에 올라가 불을 섬기는 깟사빠 삼형제를 교화하시기 위해서 하신 설법이다. 사실 열반(涅槃)이라는 말도 욕망의 불꽃이 꺼졌다는 말이다. 중생은 모두 욕망의 불꽃에 불타고 있다. 스스로만 불타는 것이 아니라, 감각기관을 통하여 보고 듣고 느끼는 모든 대상이 동시에 불타고 있다. 깟사빠와 같이 불을 숭배하는 바라문에게는 매우 적절한 설법이다. 매우 아름다운 시구의 이 설법은 그래서 유명하다.

감각과 대상이 접촉하는 것이 불타고 있다
탐욕으로 불타고 있다
분노와 어리석음으로 불타고 있다
태어나 늙고 병들어 죽는 일이 불타고 있다

현명하고 지혜 있는 사람은 집착을 떠나
모든 불길을 벗어난다

불을 섬기는 깟사빠의 형제들이여
참으로 무서운 불은 탐욕보다 더한 것이 없느니라

## 마음이 안정된 사람•

탐욕 같은 것을 깨끗하게 버리고
아무것에도 걸리지 않는 맑은 바람같이 된 사람
그런 사람은 삶과 죽음조차도 어쩌지를 못해
그 무엇도 그를 얽어맬 수가 없나니
이 사람을 부처님은 마음이 안정된 사람이라고 한다

혼자 있을 때나 대중과 같이 있을 때나
계율을 잘 지키는 사람
부드러운 말로 대중을 화합하게 하고 잘 어울리며
병든 사람을 잘 간호해 주고
수행에 게으른 사람을 잘 타일러
즐거운 일이나 괴로운 일을 대중과 함께 나눠 가지는
이 사람을 부처님은 마음이 안정된 사람이라고 한다

• 부처님의 초기경전에는 비교적 소박하고 단순한 내용의 가르침이 많다. 우리는 부처님의 경전을 읽을 때 매우 단순하게 이해하고 접근할 필요가 있다. 그런 의미에서 보면 부처님의 일괄된 가르침은 탐욕을 버리라는 것이다. 우리는 행복해지고 마음이 평온하기를 바라지만 쉽게 그렇게 되지 않는다. 그 원인이 무엇인가. 탐욕 때문이다. 불법을 알고 싶은가? 탐욕을 버리면 된다. 모든 번뇌의 근원은 탐욕이다.

그 사람은 항상 잔잔하게 웃으며
누구에게나 친절하여
거만하거나 자기를 자랑하지 않고
겸손하고 잘 참아 인욕을 제일로 잘하나니
이 사람을 부처님은 마음이 안정된 사람이라고 한다

누가 음해하고 욕을 해보지만
그의 마음은 허공과 같아서
상처를 입힐 수가 없나니
이 사람은 스스로 잘났다거나 못났다거나
그런 생각이 아예 없어
걱정이나 근심으로부터 자유로워졌나니
이 사람을 부처님은 마음이 안정된 사람이라고 한다

어느 날 숲에 바람이 살랑거려
기분 좋게 시원한 때에 수행자들에게 둘러싸여
부처님은 이런 설법도 하셨다

# 거문고의 비유•

부처님! 부처님!
내 친구들은 이미 깨달음을 얻어 대아라한이 되었는데
나만 아직도 공부를 이루지 못해 해매고 있습니다

소나!
너무 서둘지 마라
너는 거문고를 잘 탔었다지?
거문고는 그 줄을 너무 조이거나
너무 늦추어 놓으면 소리가 잘 나지 않고
적당히 알맞게 잘 조절되어야 하듯이
공부를 하는 것도 그와 같으니
너무 조급하게 하거나
또는 너무 느슨하게 하지를 마라

• 양 극단을 버리고 수행하라는 단순한 가르침에서 출발한 중도(中道)의 교리는 나중에 대승불교에까지 이어져 중요한 사상으로 발전한다. 초기 설법에서의 중도는 팔정도이다. 정견(正見), 정사유(正思惟), 정어(正語), 정업(正業), 정명(正命), 정정진(正精進), 정념(正念), 정정(正定). 여기서 볼 수 있듯이 중도란 중간(中間) 또는 중로(中路) 등의 의미가 아니라 양변(兩邊)의 집착을 버리고 정법(正法) 내지는 정도(正道)의 뜻을 가지는 것이다.

비구들이여!

두 가지의 양 극단에 치우치지 말라

탐욕의 쾌락에 빠지지 않고

지나치게 몸을 학대하지도 않는

이것이 중도의 길이니

거문고의 줄을 다루듯이 그렇게 하여라

## 비를 뿌리소서•

나는 마히 강변에서
처자와 살고
직업은 소 치는 사람
이름은 다니야

내 움막집은 이미 지붕을 잘 이어 놓았고
방에는 불을 켜 놓았으며
밥도 다 해 놓았고
우유도 다 잘 짜 놓았습니다
그러니 신이여!
비를 뿌리려면 비를 뿌리소서

소 치는 다니야가 이렇게 노래하자
부처님은 그의 노래를 받아 이렇게 노래했다

• 이 노래를 본래 산스크리트어 운율로 노래하면 매우 듣기가 좋을 것이다. 부처님이 다양한 방법으로 설법하신 것을 보여 주는 노래다. 부처님은 설법을 듣는 사람의 수준과 그 사람의 취향, 그리고 주변 여건과 문화 같은 것을 두루 살펴 그 사람이 최고로 잘 알아들을 수 있는 방법으로 설법하셨다. 운율이 매우 아름다운 노래다.

나는 어떤 경우에도 성내지 않고
가죽같이 질기고 두터운 미혹을 벗어 버렸다
오늘은 여기 마히 강변에서 하룻밤을 쉬리라
인욕(忍辱)은 나의 움막
탐욕(貪慾)의 불꽃을 꺼 버렸다
그러니 오늘 밤에
비를 뿌리려면 비를 뿌리라

다시 소 치는 다니야가 노래했다

모기나 쇠파리 같은 벌레도 없고
소들은 늪가에서 풀을 배불리 뜯어먹었으니
나에게는 비가 내려도 끄떡없다
그러니 신이여!
비를 뿌리려면 비를 뿌리소서

다시 부처님이 노래했다

내 법의 뗏목은 잘 만들어져
거센 번뇌의 물결에도 잘 견디어

벌써 저 깨달음의 언덕에 이르렀다
그러니 오늘 밤에
비를 뿌리려면 비를 뿌리라

다시 소 치는 다니야가 노래했다

내 사랑하는 아내는 어질고 음란하지 않으며
오랫동안 같이 살았지만 그 마음이 변함이 없고
사람들에게 나쁜 평판을 듣지도 않는다
그러니 신이여!
비를 뿌리려면 비를 뿌리소서

다시 부처님이 노래했다

내 마음은 내게 잘 순종하고
아무것에도 걸림 없이 자유로우며
나에게는 이제 어떤 나쁜 점도 남아 있지 않다
그러니 오늘 밤에
비를 뿌리려면 비를 뿌리라

다시 소 치는 다니야가 노래했다

나는 부지런히 일하며
스스로의 힘으로 살아가고
아이들도 모두 다 건강하며
세상 사람들에게 어떤 나쁜 평판도 들리지 않는다
그러니 신이여!
비를 뿌리려면 비를 뿌리소서

다시 부처님이 노래했다

나는 누구에게도 고용되지 않았으며
그 누구도 나를 어쩌지 못하며
자유롭게 온 누리를 돌아다닌다
그러니 오늘 밤에
비를 뿌리려면 비를 뿌리라

다시 소 치는 다니야가 노래했다

소를 매 놓은 말뚝은 땅속 깊이 박혀 있으며

문자 풀로 꼰 새 줄은 잘 꼬여져 튼튼해서
송아지나 어미 소도 줄을 끊을 수가 없다
그러니 신이여!
비를 뿌리려면 비를 뿌리소서

다시 부처님이 노래했다

코끼리나 황소처럼 고삐를 끊고
질긴 탐욕으로부터 벗어났으니
다시는 모태에 들어가 윤회를 하지는 않을 것이다
그러니 오늘 밤에
비를 뿌리려면 비를 뿌리라

이렇게 소 치는 다니야와
대사문 부처님이 주고받으며 노래하는데
하늘에서는 먹구름이 몰려와 비를 뿌리니
빗소리를 들으며 다시 다니야가 말했다

거룩하신 분이여!
위대한 스승이시여!

나의 아내와 아들딸과 함께 부처님께 귀의하겠습니다
청정한 행을 잘 닦아
괴로움과 괴로움의 원인에서 벗어나겠습니다

그러자 이 광경을 지켜보던 마왕 파순이 흥분하여 노래했다

아들딸이 있는 사람은
아들딸로 인해 기뻐하고

소가 있는 사람은
소 때문에 기뻐한다

사람이 집착하는 원인은
그것이 기쁨과 만족감을 가져다주기 때문이다

탐욕을 버리고
집착할 것이 없는 사람은
기뻐할 일도 없다

다시 부처님이 노래했다

아들딸이 있는 사람은
아들딸 때문에 근심하고

소를 가진 사람은
소 때문에 걱정한다

사람들의 근심은
모두가 집착하는 데서 생긴다

참 끈질기게 따라다니는 마왕 파순
이번에도 놀라 달아나고
소 치는 다니야의 가족은 불법에 귀의하였다

## 중도●

비구들아!

저기 저 강물에 떠내려가는 통나무를 보아라

저 나무가 이쪽 강기슭이나

저쪽 강기슭에도 닿지 않고

중간에 가라앉지도 않고

누가 건져 내지도 않아

아무것에도 걸리지 않는다면

결국에는 바다에 도달하리라

모든 강물은 흘러

바다로 가기 때문이다

비구들아!

나의 법을 수행하는 것도 그와 같다

● 중도(中道)는 부처님 가르침의 핵심이다. 중도가 불법이며, 중도가 부처님이다. 한문 글자의 중(中)은 마음을 나타내는 글자이며 바름을 나타내는 글자이다. 그래서 중심(中心) 중앙(中央) 정중(正中) 등의 말로 사용된다. 불도 수행은 결국 바르게 가는 길이며, 바르게 가면 결국 깨달음에 도달한다.

좌우 어느 쪽으로도 기울어지지 않아

고행과 쾌락 두 극단에 치우치지 말며

유(有)와 무(無) 단(斷)과 상(常)

그 어느 것에도 치우치지 않고 중도를 지켜

중간에 포기하지 않고

바른 견해〔正見〕

바른 생각〔正思惟〕

바른 말〔正語〕

바른 행위〔正業〕

바른 생활〔正命〕

바른 노력〔正精進〕

바른 기억〔正念〕

바른 선정〔正定〕

이 여덟 가지 수행을 계속한다면

누구나 열반의 바다에 도달하리라

이것이 여래의 중도(中道)에 가르침이다

## 계율이 제정되고•

흉년이 들어 걸식하기도 힘든 요즘
우리 집은 부자 중에서도 큰 부자이니
여러 스님들을 우리 고향 마을 칼란다카로 모시고 가야하겠구나

그렇게 하여 수디나 스님은 여러 대중 스님들을 모시고
부모님이 계시는 고향으로 갔다
스님이 되신 아들이 돌아왔다는 소식을 듣고
아버지와 어머니 그리고 출가하기 이전의 그의 아내는 찾아와 기뻐하였는데

수디나 오랜만에 고향에 돌아왔구나
여러 대중들이 잡수실 공양은 이제 걱정하지 말고
너는 집에 와서 며칠이라도 편안하게 지내는 것이 좋겠다

• 수디나의 이 사건은 초기 교단에 미처 계율이 제정되기 이전에 발생한 사건이다. 그러니까 초기에 계율이 제정되기 이전에는 고향 집에 두고온 아내와 동침을 하면 안 된다는 것을 의식하지 못했다고 보면 된다. 수디나의 이 사건이 계율 제정의 계기가 되었다. 결국 수디나는 계율이 제정되는 동기를 부여한 셈이다. 수디나의 아내는 이후 임신하여 아들을 낳았다. 이름을 종자(種子)라고 하는데 이는 아마 대를 이을 씨앗이라는 의미가 아닌가 한다. 그 아들은 성장하여 아버지를 따라 출가하여 대아라한이 되었고 신통이 자재하였다고 경전에는 기록되어 있다. 대를 이으려고 낳은 아들이 결국 출가하여 스님이 되었으니 아들을 낳는 데는 성공했으나 대를 잇는 데는 실패했다고 보아야 하겠다. 경전에는 종자존자라고 표현하는데 그만큼 대중들에게 큰스님으로 존경받았다는 의미다. 하여튼 이렇게 하여 계율이 제정되었다.

그리고 오직 너 하나를 바라보고 있는 너의 아름다운 아내도 좀 위로해 주고
어머니의 이러한 간곡한 부탁과
아내의 애처로운 눈빛을 거절하지 못한 수디나
이참에 아들이나 하나 만들어 주면
집안의 대를 이을 수가 있어
조상님들에 대한 도리를 다하는 것이 아니겠느냐?
부모님의 그런 부탁도 있고 해서
은근하게 아내와 동침을 하고
아들을 하나 만들고 말았다

그러나 그 후로는 이상하게 기분이 영 찜찜하였다
대중들이 눈치를 채고
부처님에게까지 이 사실이 알려지자

수디나 너 그 이상한 소문은 사실이냐
그리고 요즘 우울해하고 있다는데 그것도 사실이고
예! 집에 가서 아내와 그것을 하고 난 이후 영 기분이 아닙니다
그래 그것은 청정한 행이 아니니 그럴 수밖에
너는 대중들에게 참회하고 다시는 그런 짓 하지 마라

비구들아 이제부터 계율을 제정하여
교단의 질서를 바로잡고
수행자들이 청정한 생활을 하도록 하며
다투지 않고 화합하도록 하겠다

비구들아! 청정한 수행을 하는 비구들아!
첫째 산목숨을 죽이지 마라
둘째 도둑질을 하지 마라
셋째 삿된 음행을 하지 마라
넷째 거짓말을 하지 마라
이것은 수행자의 근본 계율이니
이후 여러 계율은 모두 이 근본 계율을 바탕으로 할 것이다

이렇게 계율이 제정되었다
이 일은 부처님이 성도를 하신 이후 5년이 되는 해였다

## 독화살*

말룽캬! 말룽캬!

이리 와서 내 말을 들어 보아라

여기 어떤 사람이 그만 독(毒)이 묻은 화살에 맞았다고 하자

그 사람의 목숨은 경각에 달려 있으니

재빨리 화살을 뽑고

몸에 퍼지기 시작하는 독을 제거해야 겨우 목숨을 살릴 수가 있다

그렇습니다, 그렇습니다

그 조금도 망설이거나 지체하지 말고

신속하게 화살에 묻은 독을 제거해야만 됩니다

말룽캬! 그런데 너는 그렇지 않지 않느냐

저 화살을 쏜 사람은 누구인가?

* 우리가 진리라고 하면 형이상학적인 것을 두고 말하는 것으로 잘 아는 경우가 많다. 오랫동안 불교를 공부한 사람들조차도 불교는 형이상학적인 가르침으로 알고 있다. 하지만 독화살의 비유에서 말하듯이 부처님은 형이상학적인 문제는 잘 말씀하시지 않았다. 그런 것은 별로 중요하게 생각하지 않는 것이다. 다시 말하자면 실존적인 문제를 더 중요하게 생각하셨고, 그 속에 진리가 들어 있다고 보셨다. 우주의 창조와 종말 이런 것에는 말할 가치를 못 느끼셨다. 그것보다는 인간의 생로병사(生老病死)에 대한 고통에서 벗어나는 문제, 사람들의 마음에 대한 움직임의 문제, 자아(自我)의 실상, 이런 것을 깊이 생각하고 그것을 깨달아 알라고 하셨다.

활과 화살의 종류는 무엇인가?
화살에 묻은 독의 성분은 무엇인가?
왜 무엇 때문에 화살을 쏘았는가?
이런 여러 가지의 의문을 해결하기 전까지는
절대로 화살을 뽑아서도 안 되고
몸속의 독을 제거해서도 안 된다
그렇게 생각하고 있지를 않느냐

말룽캬!
지금 그대가 의문으로 생각하는 것들
이를테면 세상은 영원한가?
영원하지 않는가?
세계는 있는 것인가?
없는 것인가?
창조주는 있는가?
없는가?
이런 형이상학적인 의문을 생각하기보다는
지혜의 깨달음으로 나아가는 길을 생각하라

나고 죽는 일은 빠르기가 화살과 같고

탐욕은 화살의 독과 같으니
해답을 얻을 수 없는 형이상학적인 문제로
아까운 시간을 낭비하지 마라

깨달음으로 나아가는 길은 사성제(四聖諦)이니
괴로움과
괴로움의 원인과
괴로움의 소멸과
괴로움을 소멸하는 길에 대한 가르침이다

## 정사가 지어지고•

급하게 교단은 발전하고
자꾸 많은 스님들이 생겨나고
신심 있는 불자들이 많아지자
비가 많이 오는 우기를 위하여
정사가 필요하게 되었다

최초의 사찰 죽림정사는
강대한 국가 마가다
마가다의 수도 왕사성

• 중국이나 우리나라 그리고 일본에서는 사찰(寺刹)이라고 하지만 본래 정사(精舍, vi-hara)라고 하였다. vi-hara의 번역이다. 최초의 정사는 죽림정사였다. 가란타장자가 땅을 기증하자, 여기에 빔비사라왕이 절을 지었다. 그리고 뒤이어 꼬살라국 사위성에 기타태자의 동산이 있어 그곳에 수달장자가 기원정사 혹은 기수급고독원이라는 이름의 정사를 지었다. 이 두 사원을 양대 사원으로 하고 여러 사원이 지어졌다. 특히 기원정사의 동쪽에 지어진 녹자모강당은 동원정사로도 불려졌는데, 이 층으로 된 설법전이 웅장했었던 모양이다. 그 설법전, 다시 말해 강당의 이름을 따서 녹자모강당이라고 불렀다. 위사카의 남편 미가라(혹은 앙가국)장자가 자신의 아내를 위해 지었다. 최초로 여성의 이름을 따서 불려졌다는 데 큰 의미가 있다. 기원정사 같은 경우 7층 높이로 지어졌다고 하니 상당한 수준의 대가람으로 생각된다. 죽림정사는 경전에 나오는 것과 같이 지금도 대나무 숲과 큰 연못이 있는 것을 보았고, 기원정사는 고요한 숲속에 자리하고 있었는데 지금 보아도 아름다운 곳이었다. 붉은 벽돌의 건물 흔적이 매우 넓고 큰 면적에 남아 있다. 특히 기원정사의 경우 건물의 흔적만으로도 당시 사찰의 규모를 알 수 있게 할 뿐 아니라 부처님이 사용했음직한 방사와 설법의 자리 같은 것이 보였다. 나는 금강경이 설해진 이 기원정사에 가서 몸으로 전해 오는 형언할 수 없는 감동을 느꼈다. 이런 도량이 유적으로만 남아 있을 것이 아니라 다시 복원되어 실제로 스님들이 수행할 수 있는 사원이 되었으면 한다. 현재 이런 여러 사원은 순례객들의 발길이 끊어지지 않는 곳들이다.

가란타 장자가 자기의 땅 죽림을 기증하고
어질고 불심 깊은 빔비사라왕과 왕비 위재휘
그들의 신심으로 지어졌다

뒤이어 꼬살라국 사위성 기타태자 동산에
부자 중의 부자 수닷따 장자가 기원정사를 세우니
사원 중에서도 가장 큰 사원이 되었다

기원정사 동쪽에는 녹자모 강당도 지어졌다
미가라 장자 그의 며느리 위사카 아들 뿐나왓다나
모두 어질고 불심이 깊었다
그중에서도 위사카의 별명은 녹자모
그는 부처님께 시주를 많이 하고 자비심이 많아
사슴처럼 어질다는 그의 별명에 따라
그의 시아버지 미가라 장자는
웅장하고 아름다운 설법전의 이름을 녹자모강당이라고 했다
부처님도 이 강당에서 설법하시기를 좋아하셨다

내가 불기 2548년 죽림정사에 갔을 때도
죽림정사에는 연못이 있고 대나무 숲들이 무성하게 있었다

그중의 대나무 하나를 만져 보니 2550여 년 전의 부처님과
오늘의 내가 서로 맞닿아 있는 그 무엇을 느꼈다

기원정사에서는 부처님이
금강경 설법을 하였었을 듯한 그 자리에 잠시 앉아
부처님처럼 한번 숨을 고르는 감동도 느껴 보았다
여전히 숲은 아름답고 고요했다

## 나도 밭 갈고 씨 뿌린다*

그런 심한 말을 하지 마라
나도 밭 갈고 씨 뿌린다

마가다국의 남산 아래 살고 있는 바라문 바라드와자는
어느 날 탁발을 나오신 부처님을 만나자

대사문이여!
나는 직접 밭을 갈고 씨를 뿌려 농사지어 먹습니다
그러니 당신도 음식을 먹으려면
치사하게 탁발을 하지 마시고 직접 농사지어 잡수세요
그렇게 부처님의 면전에 대고 막말을 하였다
이에 부처님은 나도 밭 갈고 씨 뿌려 농사짓는다고 말씀하셨다

* 초기 교단의 스님들은 철저하게 탁발하여 식사를 해결하였다. 비구들은 계율로 농사지을 수 없게 했다. 농경 사회에서는 농사를 짓는 것 자체가 경제적인 생산에 해당하기 때문이다. 여기 바라문인 바라드와자는 이러한 사문들을 못마땅하게 생각하였다. 스스로 땀 흘려 농사 짓지도 않으면서 남의 음식을 얻어먹는 행위가 천하다고 생각한 것이다. 그래서 그것을 비난한다. 하지만 일을 하는 노동이라고 하는 것이 어찌 땅을 파고 씨를 뿌리는 농사일만을 두고 말하겠는가. 수행자들의 수행 자체도 사회에 기여하는 봉사이며 충분한 노동의 가치를 가지고 있다. 그것을 부처님은 나도 밭 갈고 씨 뿌린다고 역설하신 것이다. 참고로 여기에 나오는 바라문 바라드와자는 뒤에 출가하여 대아라한의 경지를 얻었다.

순수한 믿음은 종자가 되고
열심히 하는 수행은 비가 되고
지혜는 풀을 뽑는 보습과 멍에
스스로 자신의 허물을 살펴 부끄러움을 아는 것은 괭이
흔들리지 않는 굳센 의지는 줄이 되어
나는 거친 땅을 갈아엎어 씨를 뿌린다오

몸은 검소하게 하고
말은 조심하여
음식을 절제하여 과식하는 법이 없도록 하고
항상 진실한 마음으로 김을 매고
황소처럼 열심히 노력하여
온화한 마음으로는 휴식을 취하기도 하여
나를 평온한 경지로 들어가게 합니다

바라드와자여!
당신만 밭 갈고 씨 뿌린다고 하지 마시오
수행하는 사문도 이처럼 밭 갈고 씨를 뿌린다오

이런 법문을 듣고 농사짓는 바라드와자는 너무나 감동하여

커다란 청동 바리에 우유죽을 가득 부처님께 드렸다

부처님! 이 우유죽을 잡수세요
세상에서 가장 거룩하신 분이여
진리의 땅에 씨를 뿌리고 농사짓는 분이시여

바라드와자여! 나는 이 공양을 받지 않을 것이오
그대에게 시(詩)를 읊어 주고 그 대가로 받은 것이기 때문이오
눈을 뜬 사람
진리를 깨달은 사람
모든 구속으로부터 벗어난 사람은
이런 식으로 시를 읊어 주고 그 대가를 받지 않소

그리고 바라드와자에게 그 우유죽을 생명이 없는 물속에 버리게 하니
그 우유죽은 부글부글 소리 내며 끓어올랐다
이에 놀라 바라드와자는 부처님께 절하고 감탄하였다

부처님!
어둠속에서 등불이 되시고
길을 잃은 이에게 길을 열어 주셨습니다

아! 눈이 있는 자는 눈으로 보게 하시고
귀가 있는 자는 귀로 듣게 하셨습니다
참으로 저에게 진리를 밝혀 주셨습니다

## 피를 토하고 죽은 산자야*

어쩔 수 없는 인간의 질투심은
스승과 제자 사이에서도 일어나는 법
여기 제자를 질투하여 죽은 사내의 이야기다

자기보다도 더 훌륭했던 제자
사리불과 목련이 부처님의 제자가 되어 떠나면서
한때의 스승이었던 산자야님
그만 자신도 없으면서 남의 스승 같은 것 하려고 하지 말고
우리 하고 같이 부처님의 제자나 되시지요
하는 부탁을 받고도 그 잘난 자존심 때문에
따라가지도 못하고 속에 열불이 나서
목구멍으로 붉은 피를 많이 토해 놓고 죽었다

그도 그럴 것이 그의 수백 명 제자들도

* 사리불과 목련이라는 당대 뛰어난 인물을 제자로 둔 덕에 상당한 세력을 가지고 있었던 수행자였다. 하지만 사리불과 목련이 자신의 수백 명 제자들과 함께 부처님의 교단으로 출가를 해버리자 그는 너무나 자존심이 심하게 상하여 목구멍으로 피를 토하고 죽고 말았다. 정법을 만나고도 그 가르침을 따라가지 못한 어리석은 사람의 대표가 되었다.

사리불과 목련을 따라 부처님의 제자로 가 버리니
산자야는 일시에 혼자 남은 외톨이가 되었다

비단으로 된 새 옷을 주면서 갈아입으라고 해도
다 떨어진 누더기를 벗어 버리지 못하는 것처럼
산자야! 그는 안타까운 사람이었다

오늘날에도
잘못된 가르침이나
잘못된 신앙을 가지고 있으면서도
그것을 버리지 못하는 사람들을 볼 수 있다
마치 강한 접착제에 붙은 것처럼

세상에서 가장 어리석은 사람은
잘못된 길을 가면서도 그것을 버리지 못하고
올바른 가르침을 받아들이지 못하는 사람이다

## 육방(六方)의 예(禮)*

영축산 아래 라자가하
그곳에 사는 싱갈라

못에 들어가 목욕을 깨끗하게 하고
언덕 위로 올라와 몸을 말린 뒤에
동서남북 그리고 위와 아래 육방을 향하여
경건하게 예배를 올리고 있었다

저 싱갈라는 마음 자세가 제대로 되었구나
그렇게 생각을 하신 부처님은 그에게 물어보셨다
'너는 무엇 때문에 여섯 방향을 향하여 예배를 하느냐'

* 싱갈라는 바라문의 아들이다. 인도에는 별별 종교가 다 있고, 또 별별 의식이 다 있다. 매우 다양한 문화를 가진 나라다. 이러한 문화의 전통은 지금도 지속되고 있는데 그것이 인도적인 특성이다. 싱갈라가 여섯 방향을 향하여 예배를 한 것은 그가 아버지로부터 물려받은 독특한 예배의 방법이었다. 여기에 부처님은 그것을 부정하는 것이 아니라 그의 예배 방법에 부처님의 가르침을 첨부하여 주었다. 이것이 부처님 가르침의 특성이다. 오늘날 우리들이 불교의 의식이나 예배 방법을 고집하게 되지만 그렇다고 타종교의 예배 방법과 의식을 배척할 필요는 없다고 본다. 중요한 것은 형식이 아니라 내용이기 때문이다. 그래서 무당에게는 무당의 방법으로 불교의 내용을 채워주면 된다. 고속버스 터미널 같은 사람이 많은 곳에 가면 간혹 불전통을 앞에 놓고 절을 하는 사람들을 볼 수가 있다. 나는 솔직히 그 모습에 감동을 받는 편이다. 길거리의 지나가는 사람들을 향하여 절을 하지 않는가. 지나가는 모든 사람을 부처님으로 생각하고 절을 한다고 하는 것은 참으로 불교적인 것이다.

예, 그저 우리 아버지가 돌아가실 때에 그렇게 하라고 시켰습니다

그렇다면 너 이리 와서 내가 시키는 대로 해 보아라
우선 나쁜 짓을 하지 않아야 하겠지
방향에도 동서남북 네 방향이 있는 것처럼
나쁜 짓에도 살생과 도둑질과 음행과 거짓말 등 네 가지가 있다
이런 짓을 안 하는 것이 목욕하여 몸을 깨끗하게 하는 것이고

그렇게 깨끗해진 몸으로 여섯 방향에 예배를 하는데
동쪽은 나를 길러 주신 부모님으로 생각하고
남쪽은 나를 가르쳐 주시는 스승으로 생각하고
서쪽은 어질고 사랑스러운 아내로 생각하고
북쪽은 서로 의지하고 살아갈 친족들이라고 생각하고
아래쪽은 나를 도와주는 후배요 직장의 충직한 부하들이라고 생각하고
위쪽은 덕이 높은 스님들과 선배와 직장의 상사라고 생각하여
그들에게 일일이 고맙고 감사한 마음으로 하라

사방팔방을 다 돌아보매 이 세상에 감사하고 고맙지 않은 사람이 어디 있겠나
싱갈라! 그저 누구에게나 감사하라
만나는 사람마다 감사한 마음으로 예배를 하라

모두가 그대에게 은혜롭고 고마운 분들이니라

## 모든 인간은 평등해야 한다*

바셋타!

그리고 바라드와자!

너희 둘은 피부 빛깔도 하얀 바라문 중의 바라문

그러한 너희가 출가하여 스님이 되었으니

같은 바라문들 중에서도 마음이 삐딱한 사람이

온갖 잡스러운 인간들의 모임인 출가 사문이 되었다고

비난하고 악담을 하겠지

그렇습니다

바라문들은 교만하여

스스로 자신들만이 높은 종족이라고 하고

* 바셋타와 바라드와자 이 두 사람은 순수 혈통의 바라문 출신이다. 바라문 중에서도 매우 명망이 높은 바라문 집안의 자손이다. 그래서 이들이 출가하여 수행하는 것을 보고 그들을 알고, 그들의 집안을 잘 아는 사람들은 왜 그렇게 높은 신분을 버리고 사문이 되었느냐고 쑥덕거리며 말들이 많았던 모양이다. 그러자 부처님은 이들에게 인간의 절대한 평등에 대하여 설법하셨다. 우리가 거듭하여 부처님의 경전을 읽으면서 놀라는 것은 부처님은 현대 사회조차도 넘어서는 사상과 철학을 가졌다는 것이다. 이 정도의 평등사상은 불교 말고는 달리 다른 곳에서는 찾아볼 수가 없다. 오늘날도 우리는 지역과 학벌과 재산의 많고 적음에 따라서 신분을 나누고 차별한다. 양성평등을 헌법이 보장하고 있지만 여전히 여성들은 많은 차별 속에서 살아가는 것이 현실이다. 불교를 공부하는 사람들은 적어도 인간을 차별하는 일은 없어야 한다. 그것이 불교의 인간관이며, 가치관이기 때문이다. 불교의 평등에 대해서 충분히 이해하지 못한 사람은 불자로서 많이 모자라는 사람이다.

다른 사람들을 멸시하고 비난하는 버릇이 있습니다

바라문만이 유일하게 높은 종족이고
높은 교육을 받아 예의가 바르고
바라문은 살빛이 희고
다른 종족은 살빛이 검다

바라문은 순수한 혈통을 가지고 있고
범천의 입에서 나왔으며
범천의 상속자이다
그렇게 말합니다

그런데 너희는 어찌하여
석가족 출신의 제자가 되어
미천한 계급과 같이 섞여서 놀고
그들과 같이 밥을 먹고
그들과 같이 잠을 자느냐

머리 깎은 사문이라는 자들은 뒤죽박죽이 되어 천하디천한 족속이다
그들 중에는 범천의 발바닥에서 나온 것들도 있지를 않느냐

이렇게 말도 안 되는 말로 욕하고 비난합니다

바셋타!
그리고 바라드와자!
너희들은 참 훌륭하다
그들의 비난을 잘 견디어 냈구나

사람은 다 똑같이 평등하니
살빛으로 차별하거나
출생 성분이나
학벌이나 문벌
지역이나 가문
그리고 남자와 여자
이런 것으로 차별받아서는 안 되며
차별해서도 안 된다

저들 바라문이 아무리 범천의 입에서 나오고
높은 신분이라고 자랑해도
그들 역시 시집가고 장가가며
아들 낳고 딸 낳고

밥 먹고 똥 누고 잠자면서
그렇게, 그렇게 살아가지 않느냐

세상에서는 바라문과 왕족과 평민과 노예가 있지만
진리에는 아무런 차별이 없나니
누구나 탐욕과 성냄, 시기와 질투로 나쁜 짓을 하면
나쁜 과보를 받게 되고
착한 마음으로 사랑하고 보시하고 선행을 많이 하면
넘치는 복을 받게 되는 것이니
인과에는 귀족이나 천민이나 차별이 없느니라

그러니 여래의 법에서는
혈통이나 신분으로서 사람을 차별하지 않느니라

이미 출가하여 수행하는 사문들이여
너희들은 성이 다르고 가문이 다르고 출신이 다르다고 해도
누가 너희에게 누구냐고 묻거든
우리는 모든 사람을 평등하게 대하는 부처님의 자손이라고 하라
우리는 부처님의 입에서 나왔으며
우리는 부처님의 법에서 나왔으며

우리는 부처님의 상속자라고 하라

너희는 아무 차별이 없는 절대 평등한 여래의 진정한 자손이니
청정한 계행의 몸이요
선정의 몸이요
지혜의 몸이요
해탈과 해탈지견의 몸이기 때문이니라

## 화합하라, 화합하라*

출가 수행자들의 숫자도 엄청나게 많아지고
거룩하고 성스러운 수행자들을 공양하는 신도들도 엄청 많아졌는데
한번은 꼬삼비라고 하는 지역에 사는 비구들에게 시비가 일어났다

여보시오 그쪽 스님들 계율을 범한 것이 아니오
아니 뭔 소리요 우리가 무슨 계율을 범했다고 하는 거요

이렇게 작은 계율을 놓고 두 쪽으로 갈라져 가지고
서로 비난하며 다투다가
급기야 큰 싸움으로 번졌는데

부처님은 그들을 불러 모아놓고
여섯 가지의 화합하는 법을 말씀하시니

* 그동안 종단의 크고 작은 시비가 있을 때마다 많은 스님들이 이 육화법을 들먹이는 것을 보았다. 그러나 모두가 한결같이 아전인수요, 진정한 화합을 위해 자신을 헌신하는 것을 보지 못했다. 대체로 종단의 시비는 이해관계를 가지고 일어난다. 돈이 많이 나오는 주지 자리를 놓고 다투는 것이 그것이다. 참으로 부끄러운 일이다. 부처님은 계율을 지키는 것보다 더 중요한 것은 대중의 화합으로 보셨다. 그렇다. 사소한 계율은 지키지 않아도 좋다. 절대로 대중의 화합이 깨지면 안 된다. 교단이 화합하고 승단이 화합해야 한다. 화합하는 것이야말로 가장 위대한 포교다. 교단에 한번 시비의 광풍이 불면 그 손실이 엄청나다는 것을 누구나 다 알고 있지 않는가.

첫째, 몸으로 화합하고 공경하라는 것이니〔身和敬〕
서로 존경하고 위해(危害)하지 말라는 것이다
둘째, 입으로 화합하고 공경하라는 것이니〔口和敬〕
서로 칭찬하고 나쁜 말로 험담하지 말라는 것이다
셋째, 마음으로 화합하고 공경하라는 것이니〔意和敬〕
서로 마음을 맞추고 못된 생각을 하지 말라는 것이다
넷째, 계율로써 화합하고 공경하라는 것이니〔戒和敬〕
서로 같은 계율을 지켜 청정한 행을 닦으라는 것이다
다섯째, 견해로써 화합하고 공경하라는 것이니〔見和敬〕
서로 같은 견해를 올바르게 가지라는 것이다
여섯째, 이해(利害)로써 화합하고 공경하라는 것이니〔利和敬〕
서로 이익을 공평하게 하여 다투지 말라 하신 것이다

이렇게 간곡히 여섯 가지의 화합하는 법〔六和法〕을 일러 주었는데도
두 패로 갈라진 꼬삼비의 비구들은 좀처럼 싸움을 그치지 않았다
그러자 부처님은 그만 그들 비구 대중들을 버리고
사밧티로 가셨다

부처님이 떠나시자
꼬삼비의 신도들은

에이 저 비구들은 부처님 말도 안 듣고 싸움질만 하는구나
우리는 저들이 탁발을 나와도 공양하지 말자
그렇게 말하고 시주를 하지 않게 되자
이에 비구들은 뒤늦게 뉘우치고
부처님이 계시는 사밧티로 몰려와서
부처님에게 다시 화합하는 법을 물어 오시니
부처님은 다시 그들에게 설법하시니
무엇이 법다움이며 무엇이 법답지 않음인지를 알려 주었다

비구들아 잘 들어라
너희들이 화합하지 못하는 것은
여덟 가지를 바로 보지 못하기 때문이다
계율과 계율이 아닌 것
법과 법이 아닌 것
범하고 범하지 않은 것
추악하고 추악하지 않은 것
가볍고 무거운 것
여지가 있고 여지가 없는 것
해야 할 것과 하지 말아야 할 것
막을 것과 막지 말아야 할 것

말할 것과 말하지 말아야 할 것이다

대중과 같이 수행할 때는
스스로 부끄러워해야 할 짓은 하지 말고
계율을 엄중히 지키되
그중에 중요한 것과 덜 중요한 것을 알아서
사소한 계율을 가지고 너무 고집하지 마라
작은 허물은 덮어줄 줄도 알아야지
지나치게 캐내고 트집을 잡아
시비를 일삼는 그런 자는
대중의 화합을 깨는 가장 위험한 자이니라
대중들이여!
오직 화합하라!
첫째도 화합하고 둘째도 화합하라
여래의 가장 큰 계율은 대중들이 화합하는 것이니라

이로써 대중들은 서로 참회하고
자신들의 짓거리가 심히 부끄러운 것임을 알았다

## 지혜제일 사리불* 존자

목련 존자의 친구이고 산자야의 제자였던 사리불
부처님의 제자 중에서도 가장 상수의 제자인데
지혜가 제일이었다

본래 마가다 왕국의 수도 왕사성 근처의 출신으로
목련 존자와는 서로 가까운 이웃마을이고
잘사는 집의 귀공자로 훌륭한 교육을 받았다

친구 목련이여
우리는 마음 하나를 평생 동안 잘 맞추어 가지고
스승을 만나더라도 최고로
가르침을 받더라도 최고로만 하자

* 누가 뭐라고 해도 부처님의 가장 뛰어난 제자는 사리불이다. 십대제자의 이름을 거명할 때도 항상 제일 번은 사리불이다. 부처님보다 나이가 많았다고 하며 그래서 부처님보다 먼저 열반에 들고 만다. 경전에서는 사리불이 열반에 들자 부처님이 매우 서운해 하셨다는 기사가 나온다. 그만큼 아끼는 제자였다. 비슷한 나이 때문에 마음으로 더욱 잘 통하는 무엇도 있었을 것이다. 그가 열반할 때는 고령의 나이였는데 그때까지 그의 어머니는 살아 계셨다고 한다. 명문 집안의 아들이 출가하여 밥을 빌어먹는다는 소문을 듣고 그 어머니는 자기 아들을 보지 않으려고 했다고 한다. 그만큼 명문의 자긍심이 강했던 모양이다. 그런데 수행으로 얻은 대아라한의 인격과 사람들의 존경, 그리고 대단한 신통력을 보고서야 어머니는 아들이 훌륭하다는 것을 알았다고 한다. 라훌라가 출가하자 부처님은 사리불에게 은사가 되라 부탁한다. 그것만으로도 부처님이 얼마나 사리불을 크게 보고 인정했는가 하는 것을 알 수 있다.

이런 약속도 하고
그렇게 하여 브라만 산자야의 제자가 되었지만
늘 마음 한구석에 부족한 무엇을 느꼈다

그러다가 정말 우연히 마승(馬勝)비구가 지나가는 것을 보고
야! 저분의 행동은 참 대단하지 않느냐
가르침을 한번 받아 보아야 하겠다, 하고 따라갔더니

모든 법은 인연을 따라 생기고
모든 법은 인연을 따라 없어진다고
나의 위대한 스승 부처님은
항상 이렇게 말씀하셨지요

하는 게송을 듣고 순간 눈이 확 열리고 말아
그렇다, 그렇다 조금도 망설이지 말자
그길로 목련 존자와 같이 달려가 부처님의 제자가 되었다

어느 때 부처님은 피곤하여
사리불에게 대신 설법을 하라고 했을 때도
차분하면서도 법답게 하여 부처님께

참으로 설법을 잘하였다
하는 칭찬도 들었고
인간과 신들 속에서
사리불의 지혜를 따라올 자는 없느니라
이런 칭찬도 들었다

거리에서 탁발을 하고 있는데
이상한 사내가 존자의 참는 마음을 실험하고 싶어
뒤에서 때렸는데도
아무 물결도 일어나지 않는 물같이
태연하게 가던 길을 가고 있었다

저 고약한 사람 데와닷따가 오백 명의 비구들과 반역을 하였을 때도
사리불은 목련과 같이 조용히 찾아가
그 비구들 오백 명을 잘 타일러 데리고 왔다

이렇게 성자 중의 성자
아라한 중에서도 가장 우뚝하신 분
사리불 존자가
부처님보다 먼저 열반을 했을 때

부처님은 몹시 서운해하셨다고
경전에는 기록되어 있다

# 신통제일 목련• 존자

사리불의 죽마고우 목련
일생 동안 사리불과 동고동락을 하며 수행하고
신통(神通) 하나는 제일이었다.

사리불이 조용하고 명상적인 수행자라면
목련은 매우 활동적이고 능동적인 수행자다

어서 와라
법은 잘 설해져 있느니라
이제부터 성스러운 수행을 하여
윤회의 고통을 뛰어넘어 버려라

• 사리불과 가장 친숙한 도반이다. 불교사에 길이 남을 우정이다. 경전에는 수행자들이 혼침에 빠졌다가 부처님께 꾸중을 듣는 이야기가 더러 나온다. 그 대표적인 것이 목련 존자와 아나율이다. 그래서일까 부처님께 잠이 많다고 꾸중을 듣고 용맹정진(勇猛精進)을 하여 깨달음을 이룬 목련은 신통 하나는 끝내주는 제일이 되었다. 아나율도 역시 설법 시간에 졸다가 부처님께 꾸중을 듣고 천안 제일이 되었다. 수행자들이 고금을 통하여 수마(睡魔)와 싸우는 것은 공통이다. 무엇보다 목련은 효심이 지극했다고 한다. 그의 어머니 청제 부인은 음란하고 외도를 숭상했다고 경전에 나온다. 그러나 이는 목련 존자의 효심을 극대화하기 위한 표현이 아닌가 한다. 하여튼 목련 존자가 지옥에 빠진 어머니를 구원하기 위해서 우란분절에 스님들께 공양을 올렸다는 일화에서 지금도 사찰에서는 우란분절인 백중날은 부모님을 위한 천도재를 크게 올린다. 이러한 목련 존자도 부처님보다 먼저 열반하는데 외도들의 돌에 맞아 죽었다고 한다. 순교를 한 것이다. 부처님은 사리불과 목련이 열반을 하자 매우 심통해 하셨다고 기록되어 있다.

부처님께 이렇게 환영도 받고
사리불과 목련은 나의 왼팔과 오른팔이다
이런 칭찬도 들었지만
좌선을 할 때면 꾸벅꾸벅 잘도 조는 목련
부처님의 꾸지람을 듣고 크게 분발하여
칠 일 동안 용맹정진을 하고서야 깨달음을 얻었지

특히 목련의 지극한 효심은 잘 전해져
지금도 칠월 보름 하안거 해제하는 날은 우란분절로
모든 불자들은 절에 모여 부모님의 천도재를 올린다

신통이 너무나 뛰어나
신통 같은 것은 사용하지 않는 것이 좋다
하는 지적도 부처님께 받은 일이 있는데
그래서 열반에 들 때도
자이나교의 창시자인 니간타의 제자들이
자신들의 신도들이 자꾸 불교로 가는 것을 보고 화가 나
목련을 죽이려고 벼르고 있다가
라자가하 근처 잘라실라 마을의 자객들을 고용하여
목련 존자를 죽여 달라고 했다

그 잔인한 사람들은 몇 번이나 암살을 시도했으나
출중한 신통력으로 미리 알고 살짝 피해 버렸는데
마지막에는 이제는 저들에게 맞아서 죽어야 할 때가 되었구나 하는 생각을 하고
그들에게 목숨을 맡겨 거룩한 순교의 열반을 하고 말았다

목련하고 입속으로 가만히 불러 보면
그의 이름에서는 쓸쓸하고 애달픈 향기가 난다

## 두타제일 대가섭• 존자

부처님이 들고 보여 주신 꽃 한 송이의 의미를

미소로서 응답하고

법회에 지각하고도

부처님의 옆자리에 가서 앉고

부처님이 열반하시고 난 뒤에

그가 돌아오기를 기다려 장례가 늦춰지고

칠엽굴에서 오백 명의 장로를 모집하여

경전을 결집한 사람

그의 이름은 대가섭

• 사리불과 목련이 먼저 열반에 들고 난 뒤로부터는 명실상부한 최고의 상수 제자다. 부모님의 강요로 결혼을 했으나 부부가 함께 출가하기로 약속하고 그렇게 했다. 왕사성 출신으로 태어날 때도 비파라 라고 하는 나무 아래서 태어났다고 한다. 출가 후에는 8일 만에 대아라한의 경지에 올랐다. 항상 두타행(頭陀行)을 했고, 남루한 누더기를 입고 다녀서 같은 승려들 중에서도 그를 몰라보고 무시하기 일쑤였던 모양이다. 그러나 부처님이 열반에 들고 대단한 지도력을 발휘하여 최초의 경전을 결집했다. 오늘날 우리가 부처님의 경전을 읽을 수 있게 된 것은 모두 그가 초기에 경전을 결집한 덕택이라고 해야 하겠다. 선종에서는 대가섭이 부처님께 세 번이나 정법안장을 전해 받았다고 말한다. 그중에서 염화미소는 인류사에 가장 의미 있는 퍼포먼스다.

부유한 집안의 아들이었지만
장가를 안 가겠다고 부모 속을 썩이다가
뒤에 어쩔 수 없이 결혼하고는
부부가 다 같이 출가하여 스님이 되었다

부처님은 그가 올 것을 미리 아시고
니그로다 나무 아래까지 나가서 그를 기다렸다고 한다

그럼에도 그는 항상 누더기 옷만 입고 다니고
잠은 무덤가 나무 그늘에서 자는 두타행(頭陀行)을 제일 잘했는데
부처님의 가사와 바루 그리고 정법안장을 전해 받았다

하지만 법을 전하고 법을 받는 것은
마음으로 주고 마음으로 받는 것이니
의발을 주고받는 것 또한 형식일 뿐이다

## 해공제일 수보리* 존자

말로는 말을 다할 수 없으니
어찌 침묵이 언어가 아니라고 하랴
성질이 사납고 싸움질 잘하는 수보리
어려서는 부모는 물론 일가친척까지
저것은 커서 무엇이 되려고 저리 못됐는고
하며 크게 걱정들을 했지만
말길을 끊고 마음 길을 없애고 나서야
아무하고도 다투지 않는 경지에 들어가
비로소 법이 공한 이치를 조금 전할 수가 있었다

일체가 다 공(空)하다는 도리를 제일로 잘 알아 버린
그는 부자 중의 부자 수달 장자의 조카이고

* 경전을 읽다 보면 경전 안에 등장하는 인물들의 족보를 어느 정도 알게 된다. 예를 들면 빔비사라왕과 파사익왕이 서로 처남 매부 사이인 것과 같다. 마찬가지로 수보리와 수달 장자는 숙부와 조카 사이다. 수달장자의 동생 수마나의 아들이 수보리다. 그들의 집안은 브라만으로 모두 탁월한 장사꾼이었던 모양이다. 당대 최고의 부자 가문이었다. 수보리는 이런 부유한 집안의 말썽쟁이 아들이었다고 한다. 어려서는 싸움을 좋아하고 성질이 매우 사나웠다. 하지만 출가 후에는 성질을 고치고 무쟁삼매(無諍三昧)라고 하여 절대로 싸움 같은 것은 하지 않는 경지에 올랐다. 그리고 공(空)을 가장 잘 이해하여 해공(解空)제일이라는 이름을 얻었다. 숙부인 수달 장자가 지은 기원정사에 오랫동안 머물렀고, 금강경을 설법할 때는 수보리가 법을 청하는 주인공으로 등장한다. 그래서 《금강경》을 소의경전으로 삼는 우리나라의 스님들에게는 매우 친숙하고 익숙한 이름이다.

큰아버지 수달 장자가 지은 기원정사에서 부처님께 금강경을 청하여 들었다

아상(我相)이나 인상(人相) 중생상(衆生相) 수자상(壽者相)이 있다면
그는 보살이라고 할 수 없으며
일체의 모든 상(相)을 떠난 자를
곧 이름하여 모두 부처님이라고 하나니
보살이 보시를 할 때도 상(相)에 머물지 않고 하면
그 공덕이 허공과 같아 헤아릴 수도 없이 많아지고
법이 없음을 깨달으면 이가 곧 부처님이라고 하신
금강경의 가르침은 우리 불교의 종지이고
금강경을 많이 읽는 우리나라의 불자들에게는
수보리 그 이름은 많이 익숙한 이름이다

## 설법제일 부루나[*]존자

부처님 하고 생년월일이 같고
무엇이든지 배우면 다 잘 알아 버리고
그 잘하는 말솜씨로 친구들을 설득해 같이 출가한
부루나는 설법 하나는 누구보다 잘하는 제일이 되었다

교살라국의 바라문 가문 출신인
그의 아버지는 정반왕의 스승이었다

수로나국으로 전법 여행을 갈 때에

수로나 사람들은 성질이 사납다
그들이 너를 욕하면 어찌하겠느냐

* 수행을 열심히 하여 높은 경지에 올라간 제자들 외에 탁월한 재능을 발휘한 천재들이 초기 교단에는 수없이 많이 있었다. 그중에 한 사람이 부루나이다. 부처님과 같은 날 태어났다고 불전에는 전한다. 참고 사항으로 말하자면 그러니까 부루나는 사주팔자가 부처님과 같다고 봐야 할 것이다. 그래서인지는 모르지만 그는 출가 이전에 매우 높은 교육을 받았다. 집안이 브라만이어서 당시의 모든 논서를 다 읽었다고 할 정도고 이미 입산수도를 하여 사선(四禪)오통(五通)을 얻었다고 한다. 그의 아버지 역시 매우 뛰어난 학자여서 부처님의 아버지 정반왕의 스승이었다고 한다. 거기다가 집안은 상당한 재력가여서 무엇하나 부족한 것이 없는 환경이었다. 경전에는 그가 출가 전에 96종의 논서를 줄줄 외웠다고 기록하고 있다. 그런 그가 출가하여 부처님을 대신하여 수많은 사람들을 교화했다. 일단 그의 설법을 듣는 사람은 다 교화를 받는다고 보면 된다. 역시 경전에는 오백 개의 사찰을 짓고, 9만 9천 명의 사람들을 깨달음으로 인도했다고 기록하고 있다. 부루나는 영원히 불교사에 설법의 상징이 되었다.

돌로 때리지 않는 것을 고맙게 생각해야지요

그럼 몽둥이로 때리면 어찌하겠느냐

칼로 찌르지 않는 것을 고맙게 생각해야지요

칼로 찌르고 목을 베면 어찌하겠느냐

수고스럽게도 나를 죽여주시는구나 하고
그래도 고맙게만 생각해야지요

부루나! 부루나!
착하다 참말로 너는 착하다
그 정도면 수로국 사람들에게 가도 되겠다
가서는 그들을 잘 교화하여라

이렇게 부처님의 허락을 받고
수로국에 가서 절을 오백 개나 지은
설법 하나는 간절하게 한 부루나

## 논의제일 가전연* 존자

바라문 가문의 아들로 태어나
베다 같은 경전에 두루 잘 읽어 능통하여
궁중의 제사장이라는 좋은 벼슬도 했다

왕이 부처님을 초청해 모시고 오라는 심부름을 시키자
기원정사에 갔다가 그만 아라한이 되어 버렸다
그 후 내가 간략하게 말해 놓으면
그것을 잘 풀어서 말할 수 있는 사람은 가전연이다
부처님께 이런 칭찬도 들었다

무슨 까다로운 교리도 척척 논리를 잘 세우므로
사람들은 그를 논의(論議)제일이라고 했다

* 예절이 바르고 깔끔하여 매너가 좋은 사람일 것이라는 생각이 들게 하는 스님, 가전연 그는 복잡한 것을 간단하게, 난해한 것을 쉽게 자유자재로 풀어서 논리를 세우고 사람을 설득하는 재능이 있었다. 연화색비구니도 태어나고 한 웃제니 출신으로 크샤트리아 계급 출신이다. 아버지도 국왕의 보좌를 하는 큰 벼슬에 있었고, 본인도 일찍부터 출세하여 벼슬을 했다. 국왕의 부탁을 받고 부처님을 모시러 갔다가 그만 도를 깨달아 스님이 되고 말았다. 그 당시는 그런 예가 종종 있었던 때다. 아반티풋 국왕에게 계급제도의 사회적 모순에 대하여 설명하고 국왕을 설득시켰다. 그 점 하나가 나의 마음을 이끌어 그를 매우 매력적인 사람으로 느끼게 하는 것일 것이다. 인도 전역을 돌아다니며 열심히 포교를 했다. 그 점도 부루나와 더불어 쌍벽을 이루었다고 해야 하겠다.

비구들이여 법(法)과 법 아닌(非法) 것을 알아야 한다
해로운 것과 이로운 것을 알아야 한다
이렇게만 말씀하시고 부처님이 들어가시자
가전연은
생명을 죽이는 것은 법이 아니며
생명에 대한 자비심이 법입니다
라고 설명하여 박수도 받았다

장님이 보듯이 보고
귀머거리가 듣듯이 들으며
이미 알고 있어도 벙어리처럼 침묵하고
이미 본 것이라도 장님처럼 눈을 감고
막강한 힘을 가지고도
약자처럼 몸을 낮출 수 있어야
진정한 대왕이라고 할 수 있습니다
이렇게 국왕을 가르치기도 하였다

그때나 지금이나 사회적 모순은 계급이다
마두라에서 아반티풋 국왕을 만나
인간은 모두 평등하며

모든 사람에게 균등한 기회가 주어져야 하지요

이런 설법을 하여 감화를 주기도 하였다

# 천안제일 아나율[•] 존자

얘! 너는 어찌 그리 잠이 많으냐
내가 설법을 할 때조차도 참지 못하고

이렇게 야단치는 부처님 말씀에
병든 병아리처럼 졸고 있다가
화들짝 놀란 석가족 출신 아누룻다
그날 이후 죽으면 죽었지
내 기필코 다시는 잠을 자지 않으리라
이렇게 세게 맹세를 해 버렸다

그리하여 부처님이
눈은 잠을 먹어야 한다고
아무리 타일러도 끝내는 자지 않고
눈이 멀고 만 아누룻다

• 부처님과 같은 석가족 출신이다. 부처님이 성도한 뒤에 아버지 정반왕의 초청을 받고 고국인 가비라국에 돌아왔을 때 석가족의 젊은 청년들이 대거 출가를 하게 된다. 이때 아난다(부처님과 사촌 관계), 난다(부처님의 이복동생) 등과 같이 출가하였다. 부처님이 열반하신 뒤 경전 결집 때에 참여한 대아라한 가운데 한 사람이다.

그러나 마음 문은 활짝 열려서
세상일을 환하게 보는 천안을 얻었다

어느 날인가는
천안으로도 바늘귀는 끼우지를 못해서
여보시오, 거기 누구 복 좀 지을 사람 있으면
여기 이 사람의 바늘에 실 좀 끼워 주시오
울림이 긴 말을 했더니
누군가가 말없이 다가와 실을 끼워 주었지

참 고맙소. 그대는 참 친절하시오
법호가 어떻게 되시는지?

아누룻다야, 나는 너의 스승 고따마 붓다이니라

이 말을 듣고 다시 그는 너무 놀라
무릎을 고쳐 앉아
부처님이시여! 다시 무슨 복이 부족하시어
이 사람의 바늘에 실을 다 끼워주십니까
라고 말하면서 눈물도 흘렸다

## 지율제일 우빨리[*] 존자

사람의 몸은 얻기가 어렵고
부처님의 세상을 만나기는 더욱 어렵다

석가족의 여러 왕자들은
그 좋은 부귀영화 같은 것을 사모하지 않고
앞다투어 출가를 하는구나
나는 저들의 머리나 깎아 주는
신분이 낮은 이발사
안되겠다, 안되겠다
내가 저들보다 먼저 앞질러 가서
부처님께 사정하고 출가를 해야 하겠다

* 하층 계급인 우빨리가 지름길로 급하게 달려오자 부처님은 조금도 망설이지 않고 그를 재깍 스님으로 만들어 주었다. 그리하여 석가족 청년들이 출가를 했을 때는 간발의 차이로 사제가 되었다. 출가 교단의 위계질서는 먼저 출가하고 스님이 된 사람이 서열상 윗자리에 앉고 사형이 된다. 그래서 석가족 청년들은 자신들의 머리나 깎아 주던 천민 출신 우빨리를 평생 사형으로 모셨다. 그에게 큰절도 올리면서…… 하층민의 출가는 이때까지 아마 우바리가 처음이었던 모양이다. 철저한 계급사회에서 이런 일이 일어날 수 있었다는 것은 실로 놀라운 일이 아닐 수 없다. 부처님의 엄격한 가르침과 지도력이 아니고는 가능한 일이 아니다. 이후 수많은 하층계급의 출신들이 출가하였고, 또 대아라한이 된 스님들도 많았다. 우빨리가 엄격한 계율제일이 된 것에도 신분의 영향이 있었을 것이다. 계율을 철저히 지켜 흠 잡을 데 없이 행동하므로 신분의 차이를 뛰어넘지 않았을까?

이렇게 하여 달려가니
장하다. 장하다. 너 우빨리 정말 장하다
잽싸게 빨리도 달려왔구나
하시며 부처님이 출가를 허용하니
석가족 청년들보다 사형이 되어 큰절도 받았다

이후 그는 누구보다도 계율 하나는 잘 지키고
그 많은 계율을 다 잘 암송하니
지금의 계율은 그가 암송한 것들이다

지지리 한 어떤 인간은
부처님이 열반하시고 난 뒤에
이발사 출신 우빨리는 천한 신분인데
감히 출가하여 큰스님이 되었다고 따졌다는데
그것은 어지간히도 많이 잘못한 일이다

# 다문제일 아난다• 존자

얼굴도 가장 멋지게 잘생기고
머리 또한 너무나 넘치는 데다가
근면하고 성실한 아난
부처님의 제자 가운데 가장 매력적인 사람

그래서 시도 때도 없이
여러 여성들로부터 유혹도 많이 받았다
홍등가의 여인으로부터 심하게 유혹받은 이야기는
능엄경에 잘도 나와 있다

• 줄여서 아난이라고 부른다. 부처님의 사촌 동생이다. 곡반왕이 그의 아버지로 알려져 있다. 그가 태어났을 때 부처님의 아버지인 정반왕에게 '동생 분이 아들을 낳았다고 합니다'하고 알려주자 '오늘은 매우 행복한 날이며 기쁜 날이다'하며 축하해주고 그의 이름을 '아난다'라고 지었다 한다. 인도의 말에 아난다는 환희, 기쁨을 뜻하는 말이다. 석가족의 청년들이 대거 출가를 할 때 같이 했다. 성격이 섬세하고 온순했다. 그래서 대중들의 추천을 받아 부처님의 시자가 되었다. 그래서 그림자처럼 부처님을 따라다니면서 일거수일투족을 다 보고 들었다. 그 뒷날 경전을 결집할 때 첫 머리에 여시아문(如是我聞)이라고 하여 '나는 이와 같이 들었습니다' 하는 구절을 넣은 것은 아난다가 이 경전을 들었다는 말이다. 불교 역사에서뿐만 아니고 인류역사상 몇 안 되는 최고의 천재(天才)다. 얼굴이 매우 아름다워 지금도 그의 모습을 그릴 때는 준수하게 잘생긴 얼굴로 그리는 것이 상례다. 그래서 경전에는 그가 여러 여인들로부터 유혹받았다는 이야기가 나온다. 여성의 출가가 이루어진 것은 전적으로 그의 공덕이라고 한다. 경전에 가장 많이 등장하고 가장 큰 업적을 남겼다. 백이십 세까지 살았다고 하는 기록도 있다. 나는 솔직히 그의 펜이다.

석가족 출신으로 부처님하고는 사촌 간이고
저 유명한 반역의 데와닷따는 그의 형이니
그때는 마음고생도 많았을 것이다

비교적 어려서 다른 석가족 형들을 따라 출가하여
평생을 부처님의 시자(侍者) 노릇만 하였다

대중들이 그를 부처님의 시자로 추천을 했을 때는
여덟 가지의 조건을 요구하고서야 수락했다
부처님이 받은 옷을 받아 입는다든지
부처님이 받은 음식을 옆에서 먹는다든지
부처님과 같은 처소에서 자게 한다든지
부처님이 초대받은 곳에 자신도 같이 초대받는다든지
이런 특권을 누리지 않도록 해주시고요
멀리서 찾아온 사람을 부처님께 안내하고
항상 궁금한 것은 부처님께 질문할 수 있도록 해주시고
내가 듣지 못한 설법은 항상 다시 들을 수 있도록 해주십시오

여성의 출가를 부처님께 세 번이나 간청하여 받아내기도 했는데
부처님! 만약에 여성들이 출가하여 수행을 한다면

그들도 깨달음을 얻을 수가 있는지요
하는 질문을 하고

깨달음을 이루는 데 무슨 남녀의 차별이 있겠느냐
이런 부처님의 말씀을 듣게도 되었다

경전이 결집되는 때에는 그 많은 분량의 경전을 모두 기억하고
녹음기 틀어 놓은 것처럼 잘잘 외워
가섭도 또 결집에 참여한 오백 명의 장로들도 모두 놀랐다
그래서 얻은 명칭이 다문제일, 정념제일, 총명제일, 시자제일 등이다

그러나 고집 센 비구들에게는
부처님께 여인의 출가를 기어이 간청한 것
부처님이 열반하실 때에 물을 찾았는데 갖다 드리지 못한 것
부처님이 더 오래 사실 수가 있었는데 그것을 간청하지 않은 것
부처님의 옷을 실수로 밟은 적이 있는 것
부처님이 열반하신 모습을 여인들에게 보여 준 것
이런 것을 큰 잘못이라고 하여
심한 공격을 받기도 했다

지금도 경주 석굴암에 가면
부처님의 뒤 관음보살의 좌측 자리에서 부처님을 향하여
두 손을 단정하게 깍지 낀 채 가슴에 대고
잔잔한 미소로 서 있다

## 밀행제일 라훌라* 존자

라훌라야!
저기 저 수행자들의 지도자
태양처럼 빛나는 분이 바로 너의 아버지다

가서 인사를 드리고
제게 주실 유산은 어떤 것입니까
그것을 받으러 왔습니다
하고 말해 보거라

어머니 야소다라가 하는 말을 듣고
어린 라훌라가 부처님께 다가가 말하자

* 출가하시기 전에 낳은 부처님의 아들이다. 사미(沙彌)라는 제도는 순전히 라훌라 때문에 생겼다. 요즘 우리 교단에서는 사미를 비구계를 받기 전 단계의 예비 승려 정도로 하고 있는데, 사실 부처님 당시는 출가하면 바로 비구가 되었다. 하지만 라훌라는 아홉 살이었기 때문에 너무 어려서 수행자라고 할 수 없으므로 사미라고 했다고 한다. 어려서는 천진하고 장난이 심했던 모양이다. 하지만 이내 성장해서는 상당한 두각을 나타냈다. 밀행제일로 부처님의 십대제자가 되었다. 참고로 밀교에서는 라훌라를 제1조로 삼고 있다. 현교에서는 가섭이 제1조고, 밀교에서는 라훌라가 제1조가 된다는 것이다.

씽긋이 웃으며 마침 옆에 있던 사리불에게
이 아이를 사미로 출가시켜 그대의 상좌로 하고
여래가 보리수 아래에서 받은 법을
이 아이에게도 유산으로 주도록 해 보아라

이렇게 하여 어린 나이에 출가를 한 라훌라
스님들 사이에서 귀염둥이로 사랑을 받았겠지
그리고 당연히 말썽꾸러기가 되었겠지

어느 날은
라훌라야 저 낡고 찌그러진 그릇에 물 좀 떠오너라
그리고 나의 발 좀 씻어다오
라훌라가 발을 다 씻어 드리자
라훌라야!
이 물을 마실 수가 있겠느냐
못 마십니다. 이미 더러워졌기 때문이지요
그래! 사람도 그와 같다 한번 더러워지면 쓸모가 없어진단다
물그릇을 발로 차자 떼굴떼굴 굴러가는데
라훌라야!
저 그릇이 깨질까 보아 아까운 생각을 하였느냐

아닙니다, 이미 저 그릇은 낡고 찌그러졌기 때문입니다
그래 그렇다, 사람도 낡고 찌그러지면 아무도 그를 아끼지 않는다

이렇게까지 자상한 부처님의 가르침을 받은 라훌라
그 후 아주 착실한 수행자가 되어
남이 모르게 착한 일을 하도 많이 해서
밀행제일의 제자가 되었다

## 정반왕*

사자협왕의 장남
중인도 가비라국의 왕

늦도록 아들이 없다가
마야 왕비가 싯닷타 태자를 낳으니
인류사에 가장 빛나는 아들을 둔 아버지가 되셨다

태자가 어린 시절에는 위대한 인물이 갖춰야 할 교육을 시켰고
청년기에는 출가를 걱정하여 화려한 궁성을 지어 주었다
그러나 아들 싯닷타가 출가하자
교진여 등 젊은 청년들을 보내 같이 수행하게 하셨고

* 가비라국의 왕이며 인류 역사의 가장 위대한 성자 싯닷타의 아버지다. 이웃 나라인 구리성 선각왕의 누이동생 마야와 결혼했다. 뒤에 마야왕비가 싯닷타를 낳고 이레 만에 죽자 마야의 동생을 후비로 맞아들였다. 가문에서 부처님이 출현했으니 가장 큰 영광을 얻었다. 뛰어난 인재가 많았던 명문의 석가족, 젊은 청년들은 세속적인 욕망을 추구하기보다는 부처님의 가르침을 따르는 길을 선택하여 많은 숫자가 출가하여 수행자가 되면서 가비라성은 텅 빈 듯했다고 한다. 싯닷타에 이어 아들 난다까지 출가하여 스님이 되고 손자 라훌라까지 출가하였다. 스스로도 부처님의 가르침을 따랐다. 뒷날 부처님은 부왕에 대해 계행이 청정했다고 하는 말씀을 하셨다. 낙천적인 성격이었던 모양이고, 오래 장수했다. 말년에 병석에 누웠을 때는 부처님과 난다와 라훌라가 찾아가 병간호를 했고, 돌아가시자 직접 상여를 멨다고 경전에는 기록되어 있다. 부처님의 효심을 보여주는 대목이기도 하다. 아쉬운 것은 정반왕이 돌아가시고 오래지 않아 꼬살라국에 의해서 나라가 비참하게 멸망하고 말았다는 점이다.

아들이 도를 깨달아 성자가 되시자
고국으로 돌아와 설법해 주기를 간절하게 청했다

일흔을 넘어서 병들어 누워서는
지금 내가 죽어도 괴로울 것이 없지만
부처님이 되신 아들을 보지 못하는 것이 아쉽고
세속의 욕망을 다 이긴 대아라한 난다를 보지 못함이 아쉽고
아직 어린 손자 라훌라를 보지 못하는 것
그리고 조카 아난을 보지 못하는 것이 아쉬울 뿐이다

이에 부처님은
아난과 난다와 라훌라 등 석가족의 여러 출가자들과
또 가비라국의 여러 출가자 등을 데리고 부왕을 찾아가셨다
그리고 각기 정반왕의 손과 발과 옷자락을 잡고
'내가 수없는 과거 생에 얻은 공덕으로 부왕의 아픈 고통이 다 사라지게 하시고……'
하고 기도하자 깨끗하게 고통이 사라졌다

이어 대왕께서는 계행이 청정하셨고
마음이 깨끗하셨고
큰 공덕을 지으셨으니

마땅히 임종에 이르러 기뻐하실 일이요
조금도 근심할 일이 아닙니다
하고 법을 설하셨다

아무 근심도 없이 돌아가시자
아난과 난다와 라훌라가 나서서 스스로 관을 메겠다고 하자
부처님도 그래 우리가 모두 같이 관을 메자
하시고 직접 부왕의 관을 메고 장지로 가셨다

세상은 다 무상하니
그것은 괴로움이며
공(空)이니
이 몸이라는 것은
견고하지 않으며
허깨비 같아
목숨이라고 하는 것은 오래가지 못한다

화장(火葬)을 하면서 부처님은 이런 설법을 하셨다

## 마야왕비 •

어느 햇볕이 좋은 날
왕비는 하얗게 빛나는 코끼리가
온갖 보석으로 장식을 하고
왕비의 옆구리로 들어오는 꿈을 꾸시고
오랫동안 기다리던 왕자를 잉태하시니
그가 바로 저 유명한 석가모니 싯닷타 태자였다

본래 같은 석가족으로
아버지는 구리성의 왕이니
대대로 마음과 행실이 모두 깨끗하고
덕행을 쌓아 온 집안이었다

• 정반왕의 왕비이며 부처님의 어머니다. 결혼하고도 오랫동안 아들이 없어 근심하다가 흰 코끼리가 옆구리로 들어오는 꿈을 꾸고 아들을 잉태했다. 친정 구리성으로 출산을 위하여 가다가 룸비니동산에서 아들 싯닷타를 낳았다. 위대한 성자에게는 그에 상응하는 큰 슬픔이 있는 것일까. 위대한 인물을 출산한 마야왕비는 아들을 낳고 이내 칠 일 만에 돌아가신다. 부처님은 이후 이모의 손에 길러졌지만 어머니가 없다는 것에 상당한 슬픔이 있었을 것이다. 경전에는 부처님이 돌아가신 어머니를 만나러 도솔천에 올라갔다가 내려왔다는 기사를 싣고 있다. 그만큼 부처님은 성도 후에도 어머니를 그리워했다는 방증이다. 경전에는 가장 중요한 이름이면서 가장 기록이 적다.

그러나 어찌하랴

룸비니에서 태자를 출산하시고

일주일 만에 저세상으로 먼저 가시니

성안의 백성들이 태자의 출생을 기뻐하다가

큰 슬픔을 만나게 되었다

## 야소다라태자비*

진정한 아름다움은 깊은 그리움이다
세상에서 가장 아름다운 청년과 결혼을 하고
아름답고 행복한 결혼 생활을 했었던 여인

콜리성의 공주인 야소다라
마야왕비와 마하빠자빠띠왕비는 그의 고모이고
싯닷타와는 외사촌 사이
싯닷타는 그와 결혼하기 위해
다른 경쟁자들과 무술을 겨루기도 했다

* 매우 아름다웠을 것이다. 그리고 외모 못지않게 그 품성도 아름다웠을 것이다. 장차 인류의 스승이 되실 분과 결혼했으나, 이내 남편은 진리를 찾아 떠나고 긴 나날을 홀로 보냈다. 태자가 깊은 숲속에서 고행 수도를 하고 있는데 나는 왕실의 화려한 침대에서 편안하게 잠을 잘 수 없다고 하여 맨바닥에서 잠을 자고 스스로 정결한 생활을 했다고 한다. 그런 품성을 가졌기에 정반왕이 돌아가시자 시어머님인 마하빠자빠띠와 함께 출가를 결심했을 것이다. 어린 라훌라가 그렇게 일찍 출가할 수 있었던 것도 순전히 야소다라의 뜻이었다. 싯닷타 태자에게 청혼을 할 때 관례에 따라 보석과 꽃을 담은 바구니를 들고 가 신랑이 될 사람에게 바쳐야 되는데 이때 야소다라는 스스로 나의 아름다운 마음을 그대에게 바치니 그것이 보석이나 꽃보다 아름답다고 말했다고 한다. 그의 당당함이 잘 나타나는 대목이다. 슬픔을 크게 승화시켜 진리의 깨달음을 이룬 분이다. 참고로 우리가 십대제자라고 할 때의 십대제자도 알고 보면 부처님이 정해 주신 것이 아니고 먼 뒷날 불교도들이 뛰어난 제자들을 선정하여 십대제자라고 한 것이다. 그러나 이러한 십대제자가 비구승 위주로 되었다. 이것은 남성 중심의 사고에서 나온 것이다. 그러니 지금이라도 비구니 스님들이 불전을 깊이 연구하여 비구니 십대제자 같은 것도 정했으면 좋겠다. 그러면 야소다라는 아마 신통제일 비구니가 될 것으로 본다.

자존심이 강하고 품위를 지킬 줄 알아
왕자 싯닷타에게 청혼을 할 때도
아름다운 품성보다 더 값진 보석은 없나니
그대에게 보석보다 더 귀한 나의 마음을 드리리다
라고 당당하게 말했다

아들 라훌라를 낳고
행복해했지만
그것은 결코 오래가지 않았다

아무 말도 없이 남편 싯닷타가 출가한 후에는
조금도 그를 원망하지 않았고
날로 그리워하며
태자는 이 시간 깊은 숲속에서 고행 수도를 하고 있는데
그를 사랑하는 내가 어찌 편안하게 잠을 잘 수 있으랴
그 후로는 침상 위에서 잠을 자지도 않고
좋은 옷이나 좋은 향수를 사용하지도 않았다

깨달음을 이루고 나서도 몇 년을 더 지나서야
부처님이 가비라성으로 돌아오자

묵묵히 부처님의 설법을 들으시고
그의 아들 어린 라훌라를 부처님께로 보내어
출가하게 하신 분

시아버지인 정반왕이 돌아가시자
홀연 시어머님이신 마하빠자빠띠와 함께
여성 최초의 수행자 비구니가 되신 분
그리고 여성 수행자 가운데서도 가장 높은 아라한을 얻고
목련 존자처럼 신통력이 뛰어났다

## 마하빠자빠띠 왕비*

아무도 주목해 주지 않아도

어머니는 위대하다

여기 싯닷타를 길러 주시고 난다를 낳은

위대한 어머니 마하빠자빠띠

태자의 출가를 보고 많은 날을 가슴 졸이고

성도 후에는 또 너무나 기뻐하셨던

이모이자 어머니인 마하빠자빠띠

세존이시여!

이 새 옷 한 벌은

* 마야왕비의 동생이다. 마야왕비가 아들 싯닷타를 출산하고 이내 돌아가시자 당시의 풍속에 의해 정반왕의 왕비가 되었다. 그리고 싯닷타를 정성들여 잘 키웠다. 직접 물레를 돌리고 베틀에 앉아 짜고, 바느질을 해서 만들었다는 옷을 부처님께 바치는 장면은 이분이 얼마나 정이 깊고 사랑이 깊은가를 잘 나타내고 있다. 거기다가 매우 강인하고 결단력이 있는 분이다. 강력하게 말리는 부처님을 설득하여 여성의 출가를 단행한 일이 이분의 단호함을 잘 보여준다. 나는 비구니 스님들이 마하빠자빠띠와 야소다라 등 대아라한의 경지에 오른 위대한 비구니들을 별도로 받들어 모시는 무엇인가가 있었으면 좋겠다는 생각을 한다. 왜 남성 위주로 십대제자가 있어야 하며, 왜 오백나한에는 비구승만 있어야 하는가? 제발 양성 평등의 현대사회에서 비구니 스님들은 파격적으로 새로운 자기 위상을 찾기 바란다.

내가 물레를 돌려 실을 뽑고
베틀에 앉아 짜낸 것으로
한 땀 한 땀 몇 밤 몇 낮을 지새우며 바느질을 하여 만들었습니다
부디 사양하려는 생각은 하지를 말고 받아 입으세요

나를 사랑으로 길러 주신 어머니 고따미
그러지 마시고 그것을 승가에 주시면 됩니다
그러면 그것은 나의 것도 되고 승가의 것도 됩니다

세존!
그러지 마세요
이 어미를 가련히 생각하시고 받아 입으세요

옆에서 보다 못한 아난도
부처님 그러지 마시고 못이기는 척 받아 입으시지요
그동안 세존을 생각하시는 마음이 얼마나 간절했겠습니까
갓난아기 세존을 젖을 먹여 길러 주시지 않았습니까
신심은 또 얼마나 장하십니까
괴로움(苦)과 괴로움의 원인(集)과 괴로움의 소멸(滅)과 그 소멸로 가는 길(道)을
잘 알고 있을 뿐 아니라

열심히 수행하고
생명을 사랑하고 계율을 잘 지켜 고귀한 삶을 사시는 분입니다

아들 난다도 부처님을 따라 스님이 되고
또 고 귀여운 손자 라훌라도 스님이 되고
그리고 남편인 정반왕도 돌아가시자
더 넓은 궁전은 얼마나 쓸쓸하고 외롭고 고독했을까

어머니 마하빠자빠띠는 며느리 야소다라의 손을 잡고
맨발로 걸어서 찾아와서는
극구 만류하는 부처님을
아난을 시켜 설득하시고는
기어이 출가하여 스님이 되셨다

여성도 수행자이자 성직자가 될 수 있음을 보여 주시고
실로 여성도 성불할 수 있음을 보여 주시고
비구니 중의 최고 지도자
지혜 또한 출중한 대아라한이 되어
인류 최초로 양성 평등을 실현하셨다

## 동생 난다*

젊음은 영원한 것이 아니니
너도 그리고 너의 아리따운 신부도
결국은 늙어 쭈그렁바가지가 되고야 말 것이다
난다야 너는 그만 나를 따라와 도를 닦는 스님이나 되어라

막 결혼을 하고 설레는 마음으로 있는데
부처님은 동생 난다를
그의 의견을 물어보지도 않고
머리를 깎아 스님을 만들어 버렸다

형님이신 부처님을 따라 갑자기 스님이 되었지만
두고 온 고 아리따운 신부의 얼굴이 어른거려 공부를 못하는 난다

* 부처님의 이복동생이다. 마하빠자빠띠 왕비가 낳았다. 부처님이 출가하자 다음의 왕위 계승자였다. 하지만 결혼하고 첫날밤도 못 보내고 있는 난다를 부처님이 데리고 와 머리를 깎고 스님을 만들어 버렸다. 경전에 보면 스님이 되고 나서도 집에 두고 온 아내 생각이 나서 공부가 안 되었다고 한다. 그래서 부처님은 요즘 개념으로 하면 동영상 같은 것을 보여 주어 사람의 늙고 죽는 과정과 하늘의 선녀와 인간 세상의 미인을 비교하여 보여 주었다. 그랬더니 그는 이내 젊음의 아름다움은 잠시이고 미인조차도 그 아름다움이 오래가지 못한다는 것을 알아차렸다.

그러나 부처님이 보여 주시는 설법을 듣고
사람의 아름다운 생김새라고 하는 것이
얼마나 허망한 것인가 하는 것을 알게 되어
남보다 더 열심히 수행하여
큰 깨달음을 얻었다

## 반역의 데와닷따[*]

세존이시여! 오랫동안 수고하셨으므로
이제는 교단을 지도하는 권한 같은 것을 저에게 양보하시지요
나는 다섯 가지의 특별 계목(戒目)을 따로 정하여
부처님보다 더 엄하게 하고
심각하게 고행(苦行)만 하도록 하겠습니다

무슨 소리냐 데와닷따여!
나는 사리불이나 목련에게조차도 교단을 맡기지 않고 있다
승가의 지도자는 존경과 신뢰로서 저절로 이루어지는 것이 아니냐?

에이 부처님은 나의 부탁을 거절하시는구나

* 불교사에 데와닷따는 악(惡)의 상징이다. 부처님에게 교단의 지배권을 자신에게 넘겨 달라고 요구했고, 그것이 관철되지 않자 부처님을 수차례에 걸쳐 죽이려고 했다고 한다. 그뿐만이 아니고 빔비사라의 아들 아사세를 꼬드겨 권력을 찬탈하게 했다고도 한다. 그러한 그가 부처님께 내놓은 신 오법이라는 것이 있다. 첫째, 소금을 먹지 않는다. 둘째, 기름기 있는 음식을 먹지 않는다. 셋째, 생선과 고기를 먹지 않는다. 넷째, 걸식만 한다. 다섯째, 봄여름 동안 태양 아래서 좌선하고, 겨울이라고 해도 초가집에만 머문다. 이 계율의 항목으로 보면 그는 악인이라기보다 수행의 엄격주의자, 계율주의자, 고행주의자 같은 느낌이 든다. 하여튼 부처님은 그에게 교단의 지도자를 내주지 않았을 뿐만 아니고, 그의 계율을 받아들이지도 않았다. 아마 데와닷따는 날로 발전하는 교단을 보고 매우 강력한 규율로 통제하고 정치적인 권력으로 이용할 수 있다는 생각을 하지는 않았는지 모른다. 부처님은 고행주의자도 아니고, 엄격한 계율주의자도 아니라는 것이 데와닷따를 통하여 분명하게 드러났다. 대승경의 대표인 《법화경》에서는 데와닷따에게도 미래의 부처님이 될 것이라는 수기를 주는 대목이 나온다.

어디 한번 보자 단단히 복수를 해보자
그러고서는 어정쩡한 비구들을 꼬드겨 시위도 하고
코끼리에게 독한 술을 먹여 부처님을 밟아 버리려고도 하고
또 높은 산에 올라가 돌을 굴려 죽게 하려고 했지만
그런 것으로는 부처님을 상하게 할 수는 없는 것
겨우 발가락에 상처를 입게 하는 정도였다

이렇게도 저렇게도 안 되자
빔비사라왕의 아들 아사세를 시켜 아버지의 왕권을 탈취하게도 하였는데
그런 오역죄• 가 누적되어
그는 그만 살아 있는 그대로 지옥으로 쑥 빠져들고 말았다
들리는 말로는 그곳에서도 뉘우치는 것 없이
석가가 지옥으로 오면 내가 지옥을 나가 보리라
그렇게 어깃장을 놓는 큰소리를 쳤다고 한다

• 인간이 지을 수 있는 죄 가운데 가장 극악하고 무도한 죄 다섯 가지다. 경전마다 약간의 차이는 있으나 대체로 첫째, 부모를 죽인 죄 둘째, 정법을 비난한 죄 셋째, 부처님을 해친 죄 넷째, 수행자들을 죽인 죄 다섯째, 대중의 화합을 깨트린 죄 등이다. 여기서 주목할 것은 대중 화합을 깨트린 죄다. 그만큼 구성원의 화합을 중요하게 생각했다는 증표다.

## 똥을 푸는 니디•

니디!
염려하지 마라
나의 법은 맑은 물
세상의 온갖 더러움을 능히 씻어 내리니
어찌 너인들 깨끗하게 해 주지 못하겠느냐

니디!
너의 신분은 수다라 가장 낮은 계급
너의 직업은 똥을 푸는 사람
그러므로 세상을 가장 깨끗하게 하는 사람
자 망설이지 말고

• 경전에 니디의 기사는 많지 않다. 하지만 나는 니디를 좋아한다. 부처님 제자 가운데서 가장 신분이 하천한 불가촉천민 출신이다. 지금도 인도에 가면 불가촉천민들이 어떻게 살아가고 있는가 하는 것을 생각할 때 당시 부처님이 니디를 출가시켜 스님이 되게 한 것은 가히 놀라운 혁명이다. 흔히 니디라는 이름이 있는 줄도 모르는 사람이 있다. 하지만 니디가 스님이 되었다고 하는 사건은 오늘날 생각해도 놀라운 사실이고 마르크스가 들어도 충격을 받을 정도의 혁명이다. 인류 역사에 이 정도의 큰 혁명은 그렇게 흔하지 않다. 우리는 쉽게 만인은 평등하다고 하지만, 오늘날에도 수많은 사람들이 차별받으며 살고 있다. 학력으로 차별하고 남녀로 차별하고 출신으로 차별 당한다. 참으로 사람을 차별하지 않는 사람은 오늘날에도 찾아보기 힘들다. 아니, 진정한 의미에서 인류사에 부처님 말고 달리 사람을 차별하지 않은 사람은 없다고 본다.

내 손을 잡아라
나와 같이 강가로 가자

강물로는 너의 몸에 묻은 똥물을 씻고
내 법으로는 너의 업보를 씻어 주마
그리고 너와 나는 같은 길을 가는 벗이 되자

## 최고의 부자 수달장자*

돈을 한정 없이 많이 가진 사람
그 많은 돈 때문에 이름을 역사에 남기고
그 돈 때문에 더욱 훌륭한 사람이 되고
그 돈 때문에 마음이 착해진 사람
그의 이름은 수달, 최고의 거부 장자였다

가뭄으로 타들어 가는 메마른 땅 위에
단비가 내리듯이 그렇게 보시를 하는 사람
그래서 별명도 외로운 사람을 도우는 급고독장자

무역상을 해서 무진장으로 돈을 벌었지만
그는 본래 일곱 번이나 사업에 실패한 경험도 있다
집안에 쌀이 바닥났을 때도

* 부처님 당시에는 새롭게 상공업이 상당한 수준으로 발전하는 시기였다. 그래서 지금으로 말하자면 재벌에 해당하는 부자들이 등장한다. 이들은 나라와 나라 사이를 오가며 무역을 할 수 있었는데, 그런 탓에 무역이 성행했고, 그 무역으로 돈을 번 상인계급의 영향력은 상당했다. 그중에서도 수달 장자는 당대 최고의 부자였다. 그리고 그는 그 수많은 재물을 가지고 보시를 많이 하여 큰 명성을 얻었다. 기원정사 가는 길목에는 그의 옛 집터가 지금도 남아 있다. 특히 재물을 보관했었다는 창고 터도 남아 있다.

그의 어진 아내는 찾아온 스님들과 부처님께 공양을 했고
그는 그런 아내를 보고 칭찬하고 기뻐했다

삼백칠십여 개의 창고에 항상 보물이 가득하고
기원정사를 지을 때는 기타태자의 숲에
황금을 땅바닥에 깔아 그것으로 값을 지불했다

길을 잃고 헤매는 이에게는 길을 안내하고
두려움에 떠는 이에게는 두려움을 없애 주고
장님에게는 눈이 되어 주고
병든 이에게는 병을 치료해 주고
가난한 이에게는 재물을 베풀어 주어
한도 끝도 없이 베풀고 베풀어도
무주상(無住相)의 보시를 했으므로
그의 창고는 비는 법이 없었다

## 수달장자의 며느리 옥야*

돈이 많아 남을 잘 도와주는 수달장자

그의 집안으로 시집온 며느리 옥야는

친정의 권세가 센 것을 믿고 교만하였다

여자는 얼굴이 잘생기고

* 《옥야여경(玉耶女經)》이라는 이름으로 된 경전이 있다. 물론 이 경전의 주인공은 옥야(玉耶)이다. 그만큼 여기 일곱 종류의 아내 이야기는 유명하다. 부처님의 여성관, 아내관 그리고 부부관을 살펴볼 수 있고, 그리고 당시의 가족과 가정에 대한 문화 같은 것도 엿볼 수 있다. 알다시피 수달장자는 상인 계급으로서 당대 최고의 부자였다. 그래서 더할 수 없이 높은 존칭인 장자(長子)로 불렸다. 새로운 지배권력자로서 감히 국왕도 그의 권력 앞에서는 함부로 어찌하지 못하는 세력이었다. 하지만 그래도 역시 바라문이나 왕족의 계급보다는 낮은 혈통이다. 그에 비하여 옥야는 왕족에다가 상당한 권력가 집안의 딸이었다. 아마 두 집안이 정략결혼을 했었던 모양이다. 정치권력과 신흥 상인권력이 혼인으로 결탁한 것이다. 이런 결혼의 희생자는 여자이고, 그리고 이런 결혼은 부부가 팽팽하게 힘을 겨루는 생활을 하기 마련이다. 옥야의 결혼 생활이 그랬을 것이다. 이에 보다 못한 수달장자는 부처님을 초청하여 공양을 올리고 큰 법회를 열었다. 오직 며느리 옥야를 위한 법회였다. 따라서 부처님께도 며느리 옥야를 위한 설법을 해 달라고 별도의 청법을 해 놓고 있었다. 여기서 부처님은 직설화법으로 옥야에게 일곱 종류의 아내가 있다고 설법하신다. 여기서 종과 같은 아내나 어머니와 같은 아내는 고대 사회에서 흔히 볼 수 있는 아내상이다. 가령 조혼을 했을 경우 아내가 남편보다 몇 살 더 연상이 되는 일이 많다. 그때는 어린 신랑을 어머니와 같이 돌봐주고 감싸준다. 우리나라에도 불과 한두 세대 이전에는 그런 결혼이 많았다. 내가 아는 어느 분도 18세에 15세 남편과 결혼했는데 남편이 철이 없어서 치마 속에 먹을 것을 숨겨서 남편에게 주고 그렇게 키웠다고 말했다. 종과 같은 아내는 어떻게 부부사이를 종과 주인 사이로 설정할 수 있느냐고 생각할 사람도 없지 않겠지만, 사실 오늘날도 아내를 무슨 종보다 못한 노예로 생각하는 사람들이 없지 않다. 아내에게 말을 함부로 하고 난폭하게 폭력을 행사하고 하인처럼 부려 먹으려고만 하는 남편이 없지 않다는 것이다. 그런 남편에게 기죽어 살면서 오직 순종만 하는 아내는 종과 같은 아내가 아니고 무엇이겠는가. 부부 사이가 이렇게 주종과 같은 사이로 만들어지면 불행하다. 그런데 여기서 친구 같은 아내, 오누이와 같은 아내에서 부처님의 부부관을 엿볼 수 있다. 사실 가장 원만하고 이상적인 부부는 친구 같고 오누이와 같은 사이가 아니겠는가. 여기에는 고금을 뛰어넘어 남편과 아내가 평등한 관계를 유지하면서 깊이 있는 사랑을 나누는 사이인 것이다. 《옥야경》은 오늘날에도 우리에게 시사하는 바가 크고 생생하게 살아 있는 법문이다. 무엇보다 일곱 가지의 아내가 있다고 분석하신 부분이 재미있다.

비싸고 화려한 옷만 잘 입고
온갖 금은보석의 장신구로 치장을 하여도
그것만으로 예쁘다고 할 수는 없나니
마음이 곱고 단정하여야 하느니라

수달장자의 며느리 옥야야!
너는 이미 결혼을 하여
한 집안의 며느리이며
한 남자의 아내가 아니냐

너는 친정의 권세를 믿고
성질이 사납고 시부모에게 공손하지 못하며
남편과 사랑이 두텁지 못하다
이제 너에게 아내의 도리를 말해 줄 것이니 귀 기울여 잘 들어라

세상에는 일곱 종류의 아내가 있다

첫째, 어머니와 같은 아내이니
남편을 아끼고 사랑하기를 어진 어머니가 아들을 생각하는 것같이
그렇게 깊고 크게 사랑하는 것이다

둘째, 오누이와 같은 아내이니
같은 부모 밑에서 자라는 남매처럼 다정하고 다감하여
서로 속이고 숨기는 것이 없어 흡사 오누이 사이와 같이 사랑하는 것이다

셋째, 친구와 같은 아내이니
의리를 지키고 잘못이 있으면 충고하고 마음이 깊이 통하여
친구와 같이 우정을 나누고 참된 사랑이 오고 가는 대화를 하는 것이다

넷째, 며느리 같은 아내이니
어진 며느리가 시부모를 정성을 다해 섬기듯이
남편을 시중들고 받들어 섬기기를 한결같이 하는 것이다

다섯째, 종과 같은 아내이니
충직한 종이 주인의 명령을 잘 수행하듯이
비록 남편이 난폭하고 사나워도 참고 견디는 것이다

여섯째, 원수와 같은 아내이니
서로 미워하고 원망하는 마음으로 가득하여
집안과 가족을 돌보지 않고 마주치기만 하면 싸우는 것이다

일곱째, 도둑과 같은 아내이니
집안의 재물을 훔쳐 내어 탕진하여 집안을 패가망신시키는가 하면
친정이나 정부를 두어 재산을 빼돌리는 것이다

이러한 여러 종류의 아내가 있나니
그중에는 유익하고 좋은 아내가 있고 나쁜 아내가 있으니
옥야여! 그대는 이중에 어떤 아내에 속하는가를 생각해 보라

부처님 저는 그동안 원수와 같은 아내이며 또 도둑과 같은 아내였습니다
이제는 남편을 그리워하고 마음을 잘 맞추어
친구와 같은 아내 오누이와 같은 아내가 되어
남편은 나로 하여금 기뻐하게 하고
나는 남편을 기쁘게 하는 것으로 행복을 삼겠습니다

# 유녀 암바빨리[*]

세존이시여!
내일은 여러 비구들과 함께 저희 집에 오셔서
부디 저희가 올리는 공양을 받아 주십시오
향기로운 망고 과수원도 받아 주시고요

뭇 남자들에게 웃음을 팔지만
마음이 아름다운 여인
더 아름다운 시를 짓는 여인
그러면서도 매우 당당하고 열성적인 여인
암바빨리는 직업이 유녀(遊女)였는데
부처님께 공양을 청하였다

설마 하는 마음으로 지켜보던 사람들은
아! 부처님은 저렇게 사람을 평등으로 대하시는구나

* 우리가 경전을 읽을 때 어떤 시각으로, 어떤 관점에서 읽느냐 하는 것에 따라 그 내용은 엄청나게 달라진다. 여기 암바빨리를 보라. 그녀는 우리말로 하자면 기생이고, 창녀다. 최대한 좋게 봐주어도 그녀는 고급 요정의 마담이거나 룸살롱의 여사장 정도다. 그러나 부처님 앞에서나 다른 권력과 세력 앞에서도 그는 당당하고 당당했다. 그의 큰소리를 보면 속이 다 시원해지는 느낌이다. 그리고 그러한 당당함을 부처님은 인정했다. 여기서도 부처님이 신분을 가리지 않고 차별하지 않는 인간 평등의 사상이 잘 드러나 있다.

유녀가 청하는 공양에도 묵묵히 응하시는구나
하고 깊이 감동했다

당시 베살리의 돈 많은 남자들에게 인기가 많아
돈도 엄청 많이 벌고
크게 행세를 하면서 살았는데
부처님이 공양 청을 받아 주시자 너무 감동을 받아
너무 세게 달려 나오다가 리차비족의 사람들과 수레가 부딪쳐
교통사고가 나고 말았다
그때 세력 있고 자존심 강한 리차비족의 사람들은
암바빨리여! 그대가 내일 부처님을 모시기로 한 그것을
그만 우리에게 양보하면 이런 접촉 사고는 없던 것으로 하고
그에 더하여 십만 금의 돈도 주겠다
하지만 암바빨리는 단호하게 거절했다

설령 여기 풍요롭고 잘사는 베살리시를 다 준다고 해도 안 됩니다
이 말을 듣고 리차비족의 사람들은
부처님을 모시는 일에 선수를 빼앗기다니
우리는 유녀에게 지고 말았다, 지고야 말았다
하며 한탄했다고 경전에는 기록되어 있다

## 살인마였던 앙굴리말라*

그 누구라도 걸리기만 하면 마구잡이로 죽여서
천 개의 손가락을 잘라 목걸이를 만들어 보아라
그러면 너에게 신비한 비밀의 도를 알려 줄 것이다

마니 발타라 바라문의 잘못된 가르침을 받고도
그것을 또 너무나 곧이곧대로 믿고야 마는
아힘사까의 사내는
길거리로 나가서 닥치는 대로
큰 칼로 사람의 목을 썩둑썩둑 잘라대었다

그는 본래 세상 물정 모르는 순진한 사람으로

* 부처님의 사상과 철학, 그리고 당시 사회에 미치는 영향력 같은 것이 가장 잘 나타난 사건 가운데 하나가 앙굴리말라를 출가시킨 것이다. 그는 상상을 초월하는 대살인마다. 수많은 사람을 죽였고, 자기가 죽인 사람의 손가락을 잘라 목걸이를 만들었다. 그래서 그의 이름을 지만(指鬘)으로 번역한다. 손가락으로 장식을 하다의 뜻을 가지고 있다. 이렇게 수많은 사람을 죽인 그를 교화하여 스님으로 만든 것도 대단한데, 부처님은 지만을 데리고 여러 나라를 다녔다. 그러다가 꼬살라국에 갔을 때다. 파사익왕이 찾아와 지만을 사형시켜야겠다고 내놓으라고 했다. 그때 부처님은 그것을 단호히 거절하고 그는 새로운 사람이 되었다고 했다. 살인마도 개과천선하면 승려가 될 수 있다고 하는 것을 보여준 전형이며, 국가권력이 살인마를 내놓으라고 했지만 그것을 단호히 거절할 수 있었다고 하는 것은 대단한 국가와 사회적 영향력과 덕화의 득이라고 본다. 무엇보다 이러한 부처님의 행동은 당시 사회에 죄는 미워하되 사람을 미워하지 않으며 차별하지 않는 인권 존중의 사상을 확실하게 보여 주는 것이었다.

브라만 밑에서 공부를 했는데
스승의 아내가 하는 유혹을 받아 주지 않았더니
이에 앙심을 품고
당신의 제자, 얼굴 잘생긴 저 엉큼한 놈이
나를 겁탈하려고 했는데요
이런 거짓말을 하자
그 스승은 그를 아주 망치는 방향으로 가르침을 준 것이다

아들이 길거리에서 사람을 마구 죽인다는 소문을 듣고
안 되겠다. 내가 가서 그 짓을 못하게 해야지 하고 갔는데
멀리서 오는 어머니를 보고
그렇지 어머니라도 빨리 죽여서 이제 손가락 천 개를 채워야지
하고 칼을 휘두르며 달려가는데
때맞추어 부처님이 찾아오자
야 그래도 어머니를 죽이는 것보다는 저 사문을 죽여야지
하고 덤볐지만 부처님은 그를 자비심으로 잘 이끌었다

그리하여 그를 바로 스님을 만들어 버렸는데
모두들 놀랐다
어찌하여 부처님은 사형에 처해야 할 살인마를 스님으로 만드셨나

당시 여러 나라의 왕들이 그를 사형시켜야 한다고 했지만
부처님은 양보를 하지 않았고
그는 이제 욕망을 정복하여 마음이 밝아진 사람이다
앙굴리말라는 구름을 벗어난 달과 같이 되었다
하고 많이 칭찬까지 해 주었다

## 석가족의 출가[•]

석가모니라는 말은
석가족의 성자라는 말이니
위대한 성자를 배출한 석가족은 그 자긍심도 대단하여
너도 나도 출가하여 부처님의 제자가 되는 것을 영광으로 생각하게 되었는데
이를 보다 못한 정반왕은
이후로는 출가를 하려면 부모의 허락 정도는 받도록 합시다
라고 하였는데 이로써 출가자는 부모님의 허락을 받아야 하게 되었다

그래도 석가족의 영특한 청년들 한 오백 명 정도는 출가를 했다고 한다
그중에 가비라국의 바드리카왕은

• 위대한 성자가 자신들의 종족에서 나왔다고 하는 것에 대한 석가족의 자긍심은 대단했었던 모양이다. 그리하여 석가족의 젊은 청년들은 너도나도 출가하여 스님이 되었다. 그러자 보다 못한 정반왕은 부처님께 부탁하여 "그래도 출가를 할 때는 최소한 부모님께 인사는 하고 하도록 합시다" 하는 제안을 했다. 부처님은 그것을 받아들여 사실상 출가하여 스님이 되고자 하는 사람은 이후 부모님의 허락을 받게 하였다. 나 같은 경우는 중학생 때였다. 여름방학 때 친구가 절에 놀러 가자고 해서 따라갔다가 스님과 대화를 하다가 나도 도를 닦아 진리를 깨달으면 부처님이 된다는 말에 감동하여 그만 출가를 하고 말았다. 일 년여의 행자 생활을 마치고 스님이 되어서야 집에 찾아가 출가를 허락 받았다. 아버지는 내 이야기를 가만히 듣고 계시다가 "야! 도 닦는 것이 물지게 지고 다니는 것하고 같은 것이구나. 본래 세상일이라는 것이 모두다 균형을 잘 잡고 중심이 흔들리지 않아야 하는 것이다" 하는 말씀을 해주셨다. 다시 집을 나올 때 버스 타는 곳까지 따라 나오신 어머니는 손에 여비를 쥐어 주시면서 비로소 "열심히 공부해라. 큰스님이 되려면 주지스님 같은 것을 하는 것보다는 공부하는 스님이 되어야 한다더라. 기왕에 스님이 되었으니 훌륭한 스님이 되어야지" 하는 말씀을 하셨다. 이제 두 분이 다 돌아가셨지만 지금도 생각하면 눈물이 나는 장면이다. 모름지기 출가자는 부모의 은혜를 생각해서라도 반드시 깨달음을 얻어야 한다.

친구 아니룻다가 찾아와

자네가 출가를 해야 우리 부모님이 나의 출가를 허락하겠다고 말씀하시니

친구인 나를 위해 왕 그것 그만하고 출가하여 우리 같이 도를 닦아 보세

그것 참 좋은 생각이네 그럼 그렇게 하기로 하세

그렇게 하고 왕의 자리를 헌신짝처럼 버리고 출가를 하였다

## 열 가지 서원을 세운 승만*

저 강대한 사위국 파사익왕과 그의 부인 말리의 딸로 태어나
아유사국의 우칭왕의 왕비가 된 승만
마음 하나는 무칙이나 잘 타고나서
신심이 굳세고 영특하며 곱고 어진 분이었다

어느 날 아버지와 어머니가
야! 이렇게 날씨가 좋은 날에는
부처님의 설법이나 진탕으로 들으면 얼마나 좋을꼬
그런 생각을 하다가
그래 아유사국으로 시집간 우리 딸 승만은
우리보다도 더 많이 영특하지 않은가
그 아이로 하여금 부처님을 초청하여 법문을 듣도록 하자

* 우리나라에서는 비교적 많이 알려진 이름이다. 우리나라에서는 최초의 여성 국왕이었던 성덕여왕의 어릴 적 이름이 승만이다. 이는 승만 경전에서 따온 이름이다. 이로써 우리나라 신라에서는《승만경》이 널리 읽혀졌던 경전이라는 것을 알 수 있다.《옥야경》과 더불어 여성에 대한 경전이지만,《옥야경》이 여성, 특히 아내의 역할에 대해서 말하고 있다면,《승만경》은 대승불교의 여래장(如來藏) 사상을 담고 있다. 승만부인은 사위국의 파사익왕의 딸로 태어나 우칭왕의 왕비가 되었다. 그러니 세상에 아무것도 부러울 것이 없는 부귀영화를 다 가지고 있다고 볼 수 있다. 그러한 그가 다시 부처님의 설법을 듣고 미래세에 부처님이 될 것이라는 수기를 받고 열 가지 서원을 세운다. 신라 사람들이 어떻게 이 경전을 열심히 읽게 되었는지는 알 수 없으나 이 경전이 담고 있는 진취적이며 양성평등적인 내용, 즉 여성도 부처님이 된다고 하는 그 내용이 여성이 왕이 될 수 있도록 했을 것이다.

그렇게 하여 심부름하는 사람이 오고 가고
꽃밭을 지나오는 바람 길도 순한 어느 날
승만의 처소 아요다의 궁에서 거룩하고 아름다운 법회가 열렸다

아유사국의 왕비 승만이여!
그대의 그 어질고 잘생긴 마음은 오랜 세월 닦아 온 공덕 때문이니
이제 조금 더 분발하여 수행하면
다음 그 다음 다음 생 안에는
보광(普光)이라는 이름으로 부처님이 될 것이다

이렇게 완전 양성평등을 넘어서는 수기를 주셨다

주변 사람들이 모두 놀라
어찌 이런 일이 다 있는고?
승만 부인의 마음이 잘 생겼다는 것이야 다 아는 일이지만
그렇다고 부처님께서 전례 없이 여인에게 수기를 주시다니

이에 승만 부인은
부처님 감사합니다
마음에 교만심 같은 것 아주 버려버리고

더욱 마음 길을 어질고 착하게 잘 닦아 보겠습니다

부처님! 나의 눈을 열어주신 부처님!
여인의 몸인 내게 수기까지 주신 부처님!
저는 열 가지의 서원을 세워
부처님이 되는 그날까지 잘 지키도록 하겠습니다

받은 계율에 대해 어기겠다는 생각 그런 것을 하지 않겠습니다
누구든지 나이든 어른들을 공경하여 교만한 생각 그런 것도 하지 않겠습니다
힘없고 가진 것 없는 중생들에게 성질을 내는 그런 짓 하지 않겠습니다
값지고 진기한 패물로 치장을 한 사람을 보더라도 저속하게 부러워하고 시기하지 않겠습니다
내가 가진 재물에 대해서 아끼거나 인색하여 비난받고 욕을 먹지 않겠습니다
앞으로는 가난한 사람들을 도와주고 베풀어 주기 위해서만 재물을 모으겠습니다
말을 부드럽게 하고 상냥한 미소로써 싫어하지 않는 마음으로 중생을 대하겠습니다
구금을 당했거나 병을 앓거나 외롭게 고난을 받는 중생을 고통에서 벗어나게 하겠습니다
짐승을 사냥하고 잡아 가두거나 하면 힘껏 타이르고 달래서 그렇게 못하도록 하겠습니다
바른 법을 깊이 새겨 잊어버리지 않겠습니다

승만의 이와 같은 원력을 듣고 부처님은 그를 칭찬하시니

그의 일가친척과 일문 권속이 모두 기뻐하였다

승만이여 진실로 훌륭하다

모든 물건은 공간 속에 들어 있듯이

불도를 수행하는 이와 그대의 마음이 그대의 원력 속에 잘 들어 있다

부디 물러나지 말고 부지런히 정진하여

기필코 부처님이 되도록 하라

# 여성의 출가[•]

요즘 같은 최첨단의 문명으로 발달한 시대에도
여전히 괄시를 받는 여성이 많기도 한데
옛날하고도 아주 오랜 옛날 부처님이 활동하던 그때는
동서(東西) 어디를 막론하고
감히 여자가 성자가 되는 일은 상상하기 힘든 일이었다

불성에는 여성이나 남성이 아무 차별이 없고
진리를 깨닫기만 하면 누구나 부처님이 될 수 있는 것
그것만이 부처님 가르침의 생명이다

• 나는 개인적으로 여성의 출가는 또 다른 세계사의 혁명적인 사건 가운데 하나라고 본다. 아니 그 의미로 보면 인류 역사를 통틀어 이 정도의 혁명적인 사건이 흔하지 않다. 아직도 일부 비구승들은 비구니에게 팔경법이 어쩌고 하면서 그것이 실재하는 것으로 착각하는데, 사실 그것은 위작이라는 것이 학자들의 연구에서 이미 밝혀졌다. 무엇보다, 부처님의 절대평등이라는 사상에 부합하지 않는다. 그리고 두말할 것도 없이 비구니도 깨달으면 큰스님이고, 비구도 깨닫지 못하면 무명(無明) 중생이다. 무명 중생의 경지를 벗어나지도 못한 주제에 어찌 우열을 논하고 있는가. 더불어 한마디 하자면 우리나라의 비구니들은 정신 차려야 한다. 아무리 좋은 제도와 법이 있어도, 무지하면 모두가 무용지물이다. 이미 불성에 남녀의 차별이 없다는 것은 기본인데, 비구니 스스로 마치 비구에 비유하여 비구니가 열등한 것처럼 생각하고, 평생 수행의 원력이 다음 생에 비구가 되는 것이다 하는 정도의 의식이라면 자격이 없어도 한참 자격이 없다. 나는 비구니들 중에서 대차고 당당한 인물이 나와서 비구를 넘어 교단의 큰스님이 되고 지도자가 되는 것을 보고 싶은 사람이다. 거듭해서 말하지만, 부디 비구니 스님들은 초기 교단에서 대아라한이 된 비구니들의 당당함을 본받으라.

그러니 여성이 출가하여 스님이 되는 것을
부처님이 허락하신 것은 너무나 당연하신 일이다

출가가 허락되자
많은 여성들이 앞다투어 스님이 되고
또 많은 비구니 스님들이 대아라한이 되었다

이런 것은 우리 불자들이 얼마든지 자랑할 일이니
불교도라면 절대로 남녀평등을 잘 알아 실천해야 한다

멍청한 놈들이 이런 위대함을 알지 못하고
아직도 비구승이 비구니에 비교하여 우월한 것처럼
생각하는 것은 많이 모자라는 행위다

# 마가다국의 빔비사라왕*

부처님과 동갑내기
경전 속의 왕 가운데 가장 훌륭한 분
부처님이 처음 출가하여 수행하고 있을 때 찾아와
우리가 손을 잡고 천하를 통일하고
반반씩 나눠 다스려 보면 좋은 일이 아니겠습니까
그런 제안도 하시고
부처님이 성도를 하시고 난 뒤에는
열렬히 불도를 수행하고
최초의 사원 죽림정사도 짓고
법화경을 설하는 영축산(靈鷲山)에는
돌계단을 쌓아 길을 만들어 놓고
자주자주 올라가 부처님의 설법 듣기를 좋아하신 분

* 마음은 어질고 불심이 깊어 초기 교단 발전에 크게 기여한 왕이다. 당시 마가다국과 꼬살라국의 협력이 없었다면 불교는 초기에 그렇게 크게 발전하지 못했을 것이다. 하지만 이처럼 훌륭한 왕도 아들 아사세에게 폐위 당하고 결국 감옥에서 죽는다. 오늘날 미타(彌陀) 삼부경이라고 하는 경전은 이때 부처님이 감옥에서 굶주려 죽고 있는 빔비사라왕의 부부를 위해 설한 경전이다. 부처님이 출현하여 활동했던 당시의 인도가 얼마나 극심한 격변의 시대인가 하는 것은 빔비사라와 파사익 두 국왕의 생애를 보면 잘 알 수 있다. 전쟁은 끝없이 일어나고 국가와 국가 사이는 통합과 분열이 빠른 속도로 일어났다. 상인 계급들의 독과점적인 시장 지배가 일어났고, 거부 장자들은 국왕 못지않은 부와 권력을 누렸다.

그의 왕국 마가다는 크게 발전했고
왕비 위재휘도 마음이 어질고 불심이 돈독하였지만
아들 아사세는 데와닷따의 꼬임에 넘어가
왕권을 찬탈하고
그를 감옥에 가두었다

나는 부처님 성지를 순례할 때
영축산 아래 빔비사라의 감옥 터라고 하는 곳에서
묵연히 한참을 서 있었다

## 빔비사라왕의 왕비 위재휘*

자식보다 먼저 기뻐하고

자식보다 먼저 슬퍼하며

많이 웃고 많이 우는 이가 세상의 어머니다

가장 어머니다운 어머니

그래서 아름다운 여인

위재휘는 아들의 배신과

감옥에 들어가 있는 남편 사이에서

큰 고통을 겪고도 오직 부처님을 향한 신심으로 극복하였다

빔비사라왕과 위재휘의 기도에 감응하여

부처님은 미타경(彌陀經)을 설법(說法)하시어

마음이 정결한 이가 정토에 간다고 가르쳐 주셨다

* 남편은 빔비사라왕이고 친정 오빠는 파사익왕이며 아들은 아사세였다. 어찌 보면 가장 복 받은 여자이지만 남편과 아들 사이에 일어난 권력 싸움에 눈물 흘리고, 가슴 아파했다. 위재휘를 통하여 우리는 무너지는 윤리와 도덕, 새로운 제도와 권력이 재편되는 속에서 권력의 측근에서 살아야 하는 나약한 여인의 비애를 볼 수 있다. 불심이 매우 돈독한 여인이었다.

아! 위재휘처럼 마음이 어질고 착한 사람들아

그대들의 나라를 장엄하는 것은

그대들의 아름다운 마음이니

착한 마음 그곳이 바로 극락이요 정토로다

## 빔비사라왕의 아들 아사세왕•

부처님!
너무나 거룩하신 부처님!
마치 넘어진 사람을 일으켜 세우고
길을 잃은 사람에게 길을 찾아 주시고
묶여 있는 사람을 풀어 주시고
어둠의 밤에 불을 밝혀 주셨습니다

저는 이제 마음을 새롭게 고쳐먹어
부처님께 귀의하겠습니다
만약 저의 참회를 받아 주시기만 한다면
이내의 목숨을 기쁜 마음으로 바치겠나이다
이후로는 부처님의 가르침으로만 살아가겠나이다

• 빔비사라왕의 아들이다. 데와닷따의 꼬임에 넘어가 그 어질고 착한 아버지를 감옥에 가두고 굶겨 죽게 하는 패륜의 왕이었다. 그러나 뒷날 부처님의 교화를 받아 깊이 참회했다. 꼬살라국과 전쟁을 하여 파사익왕에게 생포 당했으나 부처님의 중재로 목숨을 살렸다. 오늘날 세상 물정이 어떻게 돌아가는지도 모르고 귀 막고 눈 감고 사는 것이 마치 도인인 양하는 부류의 큰스님들은 분명히 알아야 한다. 당시 마가다국과 꼬살라국 사이에서 부처님이 어떻게 정치에 개입하고, 그들을 교화했으며, 전쟁 속에서 평화를 추구했는가를…… 4·19혁명이 일어나고, 5·18민주화운동이 일어나고 6월항쟁이 진행되고 있는데도 세상을 향해서, 혹은 독재 권력을 향해서 한마디의 사자후를 할 줄 모르는 사람이 어떻게 큰스님이며, 진리를 말할 수 있단 말인가. 나는 시대를 읽을 줄 모르고 역사를 이해하지 못하면 인간이 아니라고 생각하는 사람이다. 아사세, 그 패륜아는 부처님의 교화를 받고서야 위대한 왕이 될 수 있었다. 법화경 서문 제일 끝에는 위재휘의 아들 아사세도 참석했다고 하는 기사가 있다. 이는 그 당시 이미 아사세가 아버지 못지않은 불교의 왕이 되어 있었음을 말하는 대목이다.

돌이켜 생각해 보니
세상에 나보다 더 어리석은 패륜아는 없나이다
탐욕이 넘쳐 나 그 어질고 영특하신 부왕을 죽이고
왕위를 억지로 차지하였습니다
저의 부끄러운 죄악을 죄악으로 인정하시어
어떻게 해서든지 가혹하게 처벌해 주십시오

신심이 깊고
나와는 마음이 통하는 벗 빔비사라왕의 아들
아사세여!
참으로 어리석고 무지하여 큰 죄악을 저질렀도다
하지만 어찌하랴 그대의 아버지는 이미 죽었고
그대는 이제 죄악을 깨우쳐 진심으로 참회하니
나는 그것을 받아들이노라

죄 있는 자들은 모두 참회하라
무엇이 죄이고 무엇이 죄가 아닌가
죄는 자성이 없어 마음을 따라 일어났다가
마음이 없어지면 죄도 또한 없어지나니
교만한 마음과 집착하는 마음을 버려라

마음을 송두리째 비우고
죄라고 하는 것이나 마음이라고 하는 것이나
이것이 본래 없는 줄 알면 그것이 참다운 참회라

아사세여! 아버지를 죽인 아사세여!
무거운 짐을 벗어 버리듯이
바싹 마른 풀잎이 흔적도 없이 타 버리듯이
죄업의 사슬에서 벗어나라
그대는 마음 깊이 죄를 죄로 인정하고 진심으로 참회하니
이제 그대의 죄는 소멸하였도다
이후로는 성자의 계율을 존중하여 잘 지켜라

아사세왕은 이후로 참다운 불교도가 되어
많은 불사를 하였는데 그중에서도
부처님이 열반하시자
최초의 경전을 결집하는 일을 적극적으로 도왔다
아마 그런 공덕 때문일 것이다
그의 후손인 아소카왕은 인도를 통일하여 큰 제국을 건설하고
불교를 더욱 열심히 믿어 크게 발전시켰다

## 꼬살라국의 파사익왕*

부처님 당시 가장 강력한 꼬살라국의 왕 파사익은
부처님과 복잡한 인연을 가졌다

우선 동쪽의 마가다국 서쪽은 꼬살라국
그 사이에 가비라국이 있고
마가다의 수도는 왕사성
꼬살라국의 수도는 사위성
왕사성의 영축산에서는 법화경이 설해지고
사위성의 기원정사에서는 금강경이 설해졌다
빔비사라왕의 왕비 위재휘는 파사익왕의 여동생이고
파사익왕의 왕비 비사바카티는 가비라국의 여인이고
그녀의 아들이 유리왕이다
빔비사라왕과 파사익왕은 모두 아들에게 왕좌에서 쫓겨나는 신세가 되었다

* 성격은 쾌활하고 활달한 사람, 최강국인 꼬살라국의 왕이다. 그가 부처님께 한 질문을 보면 그의 성격이 잘 드러난다. 부처님께 귀의하여 불심이 돈독한 왕이었으나 빔비사라왕처럼 아들의 반란으로 왕위를 빼앗겼다. 마가다국의 아사세가 기습적으로 전쟁을 일으켜 쳐들어왔을 때 참패를 하고 겨우 목숨을 건졌다. 그러나 두 번째 전쟁에서 크게 승리를 거두고 아사세를 생포한다. 하지만 부처님께 자문을 청하자, 부처님이 죽이지 말고 살려주라고 하자 풀어주었다.

파사익왕은 의리가 세고 용맹하였으며
국력을 튼튼하게 길러 놓았다
하지만 아들을 잘못 둔 탓으로
자신의 왕위와 나라를 지키지 못하고 이내 망하고 말았다

고따마여!
당신은 아직 젊은데 정말 도를 깨달았는가요
이런 당돌한 질문도 하고

대왕이여!
권력이 좋은 왕족이나
독이 사나운 뱀이나
잘 타오르는 불이나
수행하는 사문은
작다고 깔보면 큰코다칩니다
하는 부처님의 답변도 들어야 했고

정말로 늙음과 죽음 그런 것을 면한 자가 있는가요
하는 질문을 하였을 때는
돈이 많고 권세가 좋은 귀족이나 왕이라고 해도

늙고 죽는 것을 면하지는 못합니다
다만 생존의 속박을 끊고
탐욕이라는 무거운 짐을 내려놓으면
올바른 지혜를 얻어 해탈합니다
이 몸뚱이라고 하는 것은 모두가 부서지고 사라지는 것이니
그런 것에는 마음을 두지 마시오
하는 법문을 듣고 깨달음도 얻었다

## 파사익왕의 아들 유리왕•

파사익왕의 아들 유리왕은
아버지를 몰아내고 동생 기타태자도 제껴 버리고
왕위를 강탈했는데
본래 그의 어머니는 석가족의 하녀 출신이었다
어느 때 외가에 놀러 갔다가
천한 하녀 출신의 아들이라는 놀림을 받자
이때부터 왕이 되어 복수하리라고 생각하였다

매우 강대한 꼬살라국의 왕이 된 유리왕
내 어떻게 해서든지 가비라국의 석가족 저것들을 다 없애야지
이런 생각 하나로 군사를 이끌고 달려가 마구 죽였다

잎도 없는 마른 나무 아래 앉아

• 한 나라의 국운이 어질고 현명한 왕을 만나면 크게 부흥하고, 포악하고 사악한 왕을 만나면 망한다는 실례를 잘 보여주었다. 석가족에게 깊은 원한을 품고 기어이 복수하리라 하는 마음으로 자신의 아버지를 죽이고 왕이 되었다. 그리고 기타태자를 죽였다. 부처님의 간절한 만류에도 불구하고 기어이 석가족을 멸망시켰다. 그리고 경전에는 홍수에 휩쓸려 죽었다고 기록되어 있다. 결국 가장 강대한 국가인 꼬살라는 망하고 만다. 이렇게까지 난폭한 유리왕이 부처님이 길을 막고 있자, 군사를 돌렸다는 기사는 그 당시 어떤 국왕도 부처님의 뜻을 함부로 거스르지 못했다는 것을 의미한다. 그리고 부처님은 이밖에도 현실 정치에 깊이 관여한 실례가 많다.

유리왕의 군대를 돌아가게 하는 등
현명한 국왕은 함부로 전쟁을 일으키지 않는다고 설득하여
부처님도 이 일은 어떻게 해서든지 막아 보려고 했지만
막지를 못하셨으니 큰 불행이었다

부처님의 자비로운 가르침도 듣기를 거부한
유리왕은 끝내 동생 기타태자도 죽여 버리고
가비라국을 정복했지만
결국은 스스로도 오래 살지를 못하고
돌아오는 길에 범람하는 강물에 떠내려가 죽고야 말았다

칼로써 일어난 나라는 칼로 망하고
난폭한 국왕을 만나면 백성은 큰 수난을 당한다
왕 하나를 잘못 만난 꼬살라국도 결국은 마가다국에 흡수당하고
그 용맹한 왕족도 사라지고 말았다

## 석가족의 멸망*

복덕이 두루 구족하신 부처님도
여러 가지 어렵고 슬픈 일을 겪으셔야 했다

시대는 난세
격변하는 역사 속에서
새로운 시장의 질서가 생겨나고
오랜 문화의 전통과 가치는 무너지고
여러 왕국이 빠르게 생겼다 사라졌다

분열과 통합이 반복되는 시대

* 당시 강대국의 국왕도 움직이는 막대한 영향력을 가지고 있었던 부처님이지만 자신의 모국이 멸망하는 것을 막지는 못했다. 그러나 모국의 멸망을 막아 보려고 최선을 다하는 모습은 우리의 가슴을 뭉클하게 한다. 가비라국은 당시 국력에 있어서는 도무지 꼬살라국의 적수가 아니었다는 것이 정설이다. 유리왕이 중과부적으로 쳐들어왔을 때 사생결단으로 싸움을 했다는 기록도 없다. 오히려 가비라성의 마하남왕은 성문을 열고 유리왕과 타협을 했다. 맞서서 싸우지 않는 대신 자신이 물속에 들어갔다가 나오는 시간 동안만이라도 백성들이 도망갈 수 있게 해 달라고……. 부처님의 사상을 따라 평화를 사랑하고 전쟁을 싫어했던 나라로서 아마 그것은 최선의 방법이었을 것이다. 정반왕도 돌아가시고, 왕위를 계승해야 할 왕자들이 모두 출가하여 스님이 되자 왕이 된 사람이 마하남이다. 마하남은 정반왕의 동생 곡반왕의 아들이라고 한다. 부처님과는 사촌 간이 된다. 이렇게 자존심 강하고, 명문 민족임을 대내외적으로 과시하던 석가족은 멸망하고 만다. 이런 과정을 지켜봐야 했던 부처님의 심정은 어떠했을까. 하루 종일 먹지도 않고, 머리에 통증을 앓았다고 하는 경전의 기록이 부처님의 고통을 말해주고 있다. 지금도 인도에는 석가족의 마을이 있다. 우리나라에서 그곳에다가 학교와 사찰을 지어주었다고 한다. 그들은 한동안 자신들이 석가족이라는 것은 알고 있었지만 석가모니가 얼마나 위대한 인물이었는가 하는 것은 모르고 살아왔던 모양이다. 인류의 역사라고 하는 것이 이렇게 흥망성쇠를 거듭하는 것이다.

인간의 역사라는 것은
흥망성쇠를 거듭하는 것이니
그것은 누구도 어쩔 수가 없는 것이다

부처님의 생애에 가장 슬픈 일은 아무래도
석가족의 왕국 가비라국이 멸망하는 것을 보는 것이었다

유리왕이 군사를 이끌고 가비라국으로 향해 갈 때에
세 번이나 전쟁을 막기 위해 잎도 없는 나무 아래 앉아서
자신의 민족이 소멸하는 것은 그늘이 없어지는 것과 같다고
간곡하게 말하여 전쟁을 막아 보려고 했지만
이 같은 부처님의 자비로운 말씀에
세 번이나 물러갔던 유리왕
하지만 끝까지 포기하지 않고 그는 석가족을 멸망시켰다
그것이 자신의 무덤이라는 것을 알지 못하고

당시 가비라국의 국왕 마하남은
내가 연못 속에 들어가 숨을 참고 있다 나오는 시간만 기다려 주시오
그러면 걸음이 빠른 사람은 멀리 도망가서 살 수가 있을 것이오
그렇게라도 해서 한 사람이라도 더 살려야 하지 않겠소

이 말을 유리왕이 어쩔 수 없이 허락하자
그는 연못 속에 들어가 아예 머리카락을 나무뿌리에 묶어
다시는 물 밖으로 나오지를 않았다
그동안에 석가족의 많은 사람이 멀리 도망가서 목숨을 살렸다고 한다

이날 부처님은 하루 종일
아무것도 잡수시지를 않고
심한 두통에 시달렸다

## 전쟁은 전쟁을 불러오고*

전쟁은 더 큰 전쟁으로 나아가고
죽음은 다시 죽음을 불러오는 것
싸워서 이겨도 원수와 적들만 늘어나고
진 자와 이긴 자가 서로 괴로워 신음한다

꼬살라국과 마가다국은
형제처럼 친하게 지냈지만
빔비사라왕을 죽인 그 아들 아사세왕은
기세 좋게 꼬살라국으로 쳐들어왔다
꼬살라의 용맹한 파사익왕은 간신히 몸만 살아 도망쳤다

* 《법화경》에 보면 부처님은 오탁악세(五濁惡世)에 출현하신다는 말이 있다. 오탁(五濁)이란 첫째, 겁탁(劫濁)으로 사람의 역사가 혼탁해지는 것. 둘째, 견탁(見濁)으로 사람들의 견해가 혼탁해지는 것, 사견을 옳은 것으로 생각하고 사악한 법과 제도를 만드는 것. 셋째, 번뇌탁(煩惱濁)으로 올바른 가치관이나 생각을 가지지 못하고 오직 돈이나 자신의 이해만 생각하는 것. 넷째, 중생탁(衆生濁)으로 대중들이 정의와 대의명분을 따르지 않고 하찮은 이익만을 추구하는 것. 다섯째, 명탁(命濁)으로 사람이 사람의 목숨을 귀중하게 생각하지 않는 것을 말한다. 바로 부처님이 살아 계시던 시대가 오탁악세(五濁惡世)가 아니었나 한다. 자식이 부모를 죽이고 왕권을 찬탈하고, 형제의 나라를 침략하여 자국의 세력을 확장하는 데 혈안이 되어 있었다. 이런 치열한 전쟁으로 세상이 한없이 문란해져 있을 때 부처님은 그들에게 평화를 말하고 인간의 가치를 말하고, 진리를 깨달아 부처님이 될 것을 가르쳤다. '원수를 원수로 갚으면 원망만 깊어진다'라고 하신 사자후는 미국이나 러시아, 내지는 중국과 같은 패권 지향적인 강대국들에게는 여전히 유용한 설법이다. 아니 과다한 경쟁으로 피 터지는 사생결단의 생존 전략을 구사하는 현대자본주의의 무한 경쟁의 기업들에게도 여전히 유효한 설법이다.

아사세는 꼬살라국을 완전 없앨 요량으로 다시 침략하고
이번에는 미리 준비를 하고 있던 꼬살라국의 파사익왕은
아사세를 생포하고 대승을 거두었다

이에 파사익왕은 부처님을 찾아와
마가다의 왕비 위재휘는 나의 여동생이고
빔비사라와는 처남 매부 사이이고 절친한 친구입니다
그러나 위재휘의 아들이며 나의 조카인 아사세는 저의 아버지를 죽이고
뒤이어 나를 죽이려고 전쟁을 일삼는
매우 사나운 왕이 되었으니 이 일을 어찌하면 좋겠습니까
하고 침통하고 비장한 마음으로 자문을 청하자

죽여 후한을 없애고 싶겠지만
차마 그렇게 할 수는 없는 일
잘 타일러 저 젊은 왕을 놓아주고
더 이상 전쟁은 없도록 해야 합니다

싸움은 싸움만을 낳고
원망은 원망을 키우나니
용서하고 또 용서하는 것이

어진 사람의 일입니다
부처님은 이렇게 파사익왕을 타일러 아사세를 살려주었다

하지만 결국 파사익왕도
그의 아들 유리왕에게 쫓겨나고
그 나라는 스스로 멸망하여 마가다국에 통합된다

무상하다, 아! 무상하다
사람의 운명이여!
나라의 운명이여!

## 밧지족의 사람들•

끝없이

끝없이

평화를 가르쳐 주시지만

부처님의 시대는

분열과 통합이 쉴 새 없이 일어나니

왕들 가운데는 정복의 전쟁을 포기하지 못해

틈만 나면 작은 나라 약한 나라를 침략하려고 했는데

그중에서도 마가다국의 왕 아사세는

베사리를 침략하여 밧지국을 멸망시키려고 하였는데

부처님은 이번에도 아사세를 타일렀다

아난아!

밧지족 사람들은 모임을 좋아하고

• 끝없이 약한 나라를 침략하여 전쟁을 하고 수많은 사람을 죽이고 정복욕을 충족시키는 아사세왕이 다시 밧지족을 침략하기 위해 찾아와 자문을 청했다. 이때 부처님은 우회적으로 옆에 있던 제자 아난에게 밧지족 사람들이 얼마나 현명하고 좋은 사람들인가를 말한다. 한마디로 민주주의가 잘되고 있는 국가를 왜 건드리려고 하느냐 하는 뜻이다. 이런 장면을 읽으면 부처님은 인류 역사에 가장 강력한 영향력을 가진 평화주의의 실천자였다는 것을 알 수 있다.

모임 때마다 사람들은 많이 모여 가지고
서로서로 의논하여 일을 결정하기를 즐긴다는데
지금도 그렇게 하느냐?
예! 그렇습니다

또 밧지족의 사람들은
나라의 전통문화를 존중하고
의리와 예절이 바르며
의기투합하여 단합이 잘된다는데 그것도 사실이냐?
예! 그렇습니다

아난이 다 그렇다고 하니
그렇다면 그 나라는 크게 번영하겠구나
침략을 받더라도 잘 물리치겠구나

이 말을 듣고 아사세는 전쟁을 포기하고 물러갔다고 한다

왕이 물러가자
부처님은 비구들을 불러 모아
자주 모이는 것을 즐거워하고

무슨 일이든지 의논하고 토론하여 결정하고
모임에는 질서와 규율을 잘 지키고
정해진 순서와 절차대로 행동하고
원로들을 잘 받들고 존경하며
탐욕이나 질투 같은 것에 지배당하지 않고
올바른 생각으로 수행하며
사원을 청정하게 하는 한은
승가도 항상 번영할 것이니라
하는 설법을 하셨다

## 법을 보는 자가 나를 본다*

작은 일에나
큰일에나
화 하나는 잘도 내고
신경질이나 짜증 같은 것을
능숙하게 자주 내는 사람

옳은 것을 옳게 보지 못하고
잘못된 일을 잘못된 일로 보지도 못하고
반성도 할 줄 모르고
욕망을 버리지도 못한 사람
그런 사람은
내 옷자락을 붙잡고
내 발자취를 그림자처럼

* 부처님의 위대함과 부처님의 가르침의 위대함이 잘 나타난 설법이다. 법이란 진리를 두고 하는 불교적 표현이다. 진리라고 하는 것이 무엇인가. 가장 보편적이고, 가장 합리적이며, 정당성과 타당성을 가지고 있는 것이 아닌가. 부처님은 바로 우리에게 그것을 가르쳐 주시고, 그러한 법을 보는 자가 부처님을 보는 자라고 선언하고 계신다. 그래서 부처님은 열반하시면서도 법에 귀의하고 너 자신에 귀의하라고 말씀하시는 것이다. 법이 부처님이고, 부처님은 바로 법이다.

졸졸거리고 따라다녀 봐야
그런 것으로는 나와 가까워질 수가 없다

비록 수천만 리 멀리 떨어져 있어
한번도 나와 손을 잡아 보지도 못하고
마주 앉아 이야기를 나눈 일이 없어도
시원하게 욕망을 벗어 버린 사람
법을 보고
법답게 행동하는 사람
그 사람은 항상 나와 같이 있는 것이니

법을 보면 나를 보는 것이고
나를 보는 것이 법을 보는 것이기 때문이니라

## 코끼리 조련사°

그대는 일평생 코끼리를 조련해 왔다지
그래 그 코끼리를 조련하는 방법을 내게도 한번 이야기 해주시게

예! 저는 평생 코끼리를 조련했는데요
이 방면에서는 가히 최고의 경지에 올랐다고 자부합니다
저는 처음 코끼리를 만나면 살살 달래어 길들입니다
이때에 영리하고 온순한 놈은 잘 따라오는데
그렇게 해서는 말을 안 듣는 미련하고 성질이 사나운 놈이 있습니다
그런 놈은 소리를 쳐 꾸짖고 채찍으로 때려서 길들입니다
마지막으로 그렇게 해도 안 되는 놈은 어쩔 수 없이 죽이고 맙니다
그런 놈은 사납고 아둔해서 사람에게 해를 끼치기 때문이지요

그래 그렇다
나도 너와 같이 제자들을 가르치느니라

° 아무리 위대한 가르침을 만났더라도 그 가르침을 실행하지 않으면 아무 소용이 없다. 게으름을 질책하고 엄하게 꾸짖지만 그래도 말을 듣지 않는다면 그것이야 더 이상 어떻게 하겠는가. 부처님은 중생을 포기하시지 않지만, 그런 자는 스스로 자기를 버리는 자가 되고, 스스로 자기를 망치는 자가 된다.

처음에는 부드럽고 친절하게 여래의 법을 설해 주고
이후 수행에서 이탈하고 게으른 자에게는
엄하게 꾸짖고 경책을 하느니라
그렇게 하고도 잘못이 고쳐지지 않는 수행자는
나도 어찌할 수 없느니라
소를 물가에 데리고 갈 수는 있지만
물을 먹고 안 먹고는 소에게 있듯이
여래의 가르침을 받고도 실행하지 않는 사람은
수행에 인연이 없는 사람이니
그런 사람이야 나인들 어떻게 하겠느냐

비구들아 저 코끼리 조련사의 말을 잘 새겨 두어라
성질이 사납고 난폭한 코끼리는 결국 조련사에게 버림받는 것처럼
수행자도 수행에 게으르고 계행을 지키지 않으면
결국에는 버림받은 코끼리같이 되고 만다

## 물싸움●

여러분, 물과 사람의 목숨 중에서 어느 것이 더 중요합니까?

그것이야 말할 것도 없이 사람의 목숨이지요

그런데 여러분들은 물 때문에 사람을 죽이는 싸움을 하려고 합니다

로히니 강을 사이에 두고

어느 해 몹시 가문 때에

콜리족과 석가족은 전쟁을 해서라도

● 인도 불가촉천민의 아버지로 불리는 암베드카르(1891~1956)는 이 물싸움을 말렸다는 부처님의 기사에 주목하였다. 이 사건은 부처님이 성도를 이루고 난 뒤의 사건이 아니라, 싯닷타가 태자 시절에 일어난 사건이며, 이 사건을 계기로 싯닷타는 출가하게 되었다고 봤다. 나는 개인적으로 암베드카르를 간디보다 더 위대한 인물로 보고 있는데 그런 사람의 주장이니 가볍게 취급할 수는 없다. 그러나 이 물싸움을 부처님이 출가하기 이전의 사건으로 보기는 어렵다. 다만 부처님께 중대한 사건이라는 것은 부정할 수 없다. 또 오늘날까지도 사람들은 탐욕 때문에 전쟁을 하고 있다는 것을 감안할 때 울림이 큰 설법이다. 오늘날 노사분규나 사회적인 갈등의 현장에 덕망 있는 고승이 찾아가 울림이 큰 설법으로 싸움을 말리고 중재해야 하는 근거가 되기도 한다. 한 사람의 생명에 귀중함은 아무리 강조해도 부족하다. 그렇게 귀중한 생명을 죽이고 탐욕을 충족하려는 전쟁은 그래서 절대로 용납할 수 없는 가장 큰 죄악이다. 개인이 살인을 하면 큰 난리가 났다고 떠들던 언론도 전쟁에서 수없는 인명이 죽어도 그저 죽은 자의 숫자를 나열할 뿐 그들의 생명을 귀중하게 생각하지 않는다. 전쟁에 대하여 침묵하는 종교는 이미 종교로서의 자격을 잃어버렸다. 침묵은 동의하는 것이기 때문에 죄악에 대하여 침묵하는 종교인은 죄악에 참여하고 있다고 보아야 한다. 따라서 물싸움을 말린 사건은 부처님의 위대성이 잘 드러난 중요한 사건이다. 잠깐 기왕에 이야기가 나왔음으로 참고 사항으로 암베드카르에 대해 조금만 더 이야기하겠다. 그는 인도에서 최하위 천민 계급으로 태어났다. 그러나 영민하게 태어나 영국으로 유학했고, 간디처럼 법학을 공부하여 변호사가 되었다. 인도의 헌법은 그가 기초한 것이다. 초기 인도가 독립하자 법무장관을 했다. 그러한 최하위 계급이면서 최고의 지성이었던 그는 계급 해방을 위해서 노력했다. 계급 해방에 대해서 소극적인 간디와도 투쟁했고, 논쟁을 했다. 그리고 계급 해방을 위해서는 힌두교를 버리고 불교를 해야 한다고 결론을 내리고 자신을 추종하는 불가촉천민 수백만 명을 데리고 불교로 공개적인 개종을 했다. 인도 사람들은 정작 간디보다는 암베드카르를 더 존경한다고 한다. 그리고 인간을 계급으로부터 해방시키고 평화로 인도하는 인류의 유일한 종교는 불교라고 하는 것을 암베드카르는 증명해 보여주었다.

물을 더 많이 차지하려는 싸움을 하려고 하고 있었다

부처님의 어머니와 이모와 그리고 사랑하는 아내가 모두
콜리족 출신이니
석가족하고는 형제와 같은 나라인데
어떤 이유로도 서로를 무자비하게 죽이는 전쟁을 할 수가 없는 사이다
이에 불원천리 달려가신 부처님은
흥분한 그들을 잘 타일러
생명은 그 어떤 것보다 귀중하다는 것을 깨우쳐 주어
인류의 생명 사랑, 인권 사랑을 가르치셨다

요즘도 한 방에 수십억씩 하는 폭탄을
저 가난하고 헐벗은 나라에다가 퍼다 붓는
그런 되먹지 않은 전쟁을 하는 나라는
부처님의 말씀에 귀를 기울여야 한다

폭탄을 사는 그 돈의 일부분만으로
식량도 지원하고
의약품도 지원을 한다면
인류의 평화는 저절로 이루어진다

힘센 나라의 대통령은
부디 마음을 열고
귀와 눈을 열어
이 사실을 깨달아야 한다

인류의 평화와
자기 나라의 평화를 위하여
더 많이 배려하고
더 많이 베풀어 주라

## 아들을 잃은 끼사고따미•

내 아들이

하필이면 내 아들이

눈에 넣어도 아프지 않을 내 아들이 죽다니

하늘이 노랗고 땅이 꺼지는 것 같은 슬픔에 빠져서

세존이시여! 세존이시여!

무엇이든지 하지 못할 일이 없으시지요

그럼 제 아들을 살려 주소서

시키는 일은 가리지 않고 다 하겠나이다

• 언제인가 길을 지나가는데 거리에서 사람들이 열심히 무슨 유인물을 나눠주었다. 나에게도 하나 주기에 받아 보았더니 영생교를 믿으라는 내용이었다. 세상의 수많은 사이비 종교들은 영생을 말하고 있다. 아니 영생을 말하는 종교는 두말할 것도 없이 모두 사이비다. 살아 있는 모든 생명체는 결국 죽게 되어 있다. 불교는 그것을 가르치는 종교다. 만약 끼사고따미가 찾아와 호소를 했을 때 부처님이 기적을 일으켜 그의 어린 아들을 살렸다고 하자. 그러면 부처님의 기적을 보고 위대하다고 해야 할 것인가? 그것은 눈속임에 불과하다. 인류의 역사는 그런 기적으로 발전하지 않았다. 합리적이고 타당한 진리가 인류를 발전시켰다. 이 점을 알아야 한다. 따라서 부처님은 그 여인에게 모든 생명은 결국 죽고야 만다는 것을 스스로 깨달을 수 있도록 했다. '누구나 죽는다'는 사실 말이 쉽지 사람들은 이 사실을 쉽게 받아들이지 못한다. 스스로의 죽음도 그렇지만, 부모가 어린 자식을 잃어버리게 되면 어떻게 해서든지 기적이 일어나 살기를 바란다. 그래서 종교인들 가운데는 이러한 심리를 이용해 기도를 하면 기적이 일어나고 병을 낫게 해준다는 등의 말로 사기를 친다. 이런 유의 성직자는 모두 가짜다. 절대 속으면 안 된다. 수십 년 절에 다녔다고 하는 신도가 말년에 병석에 누워 있었을 때 누가 찾아와 안수기도를 하면 병이 낫는다고 하면 귀가 솔깃해져서 넘어가고 만다. 그래서 종교도 신념도 버리고, 개종을 하고, 결국 돈도 잃고 사람도 망가지고 만신창이가 되어 죽는다. 사람은 누구나 죽고 만다는 이 단순한 사실을 절대 망각하지 마라.

가련한 여인아
슬픔에 빠진 여인아
그대의 소원을 들어줄 터이니
너의 슬픔은 잠시 여기에 놓아두고
지금 성안으로 들어가
사람이 죽은 일이 없다는 집안을 찾아
겨자씨를 한 접시만 얻어 오너라

고맙습니다
고맙습니다
그런 정도야 어찌하지 못하겠습니까
잠시만 기다려 주십시오

급하게 성안으로 달려가
온 도시를 헤매면서 하루 종일 겨자씨를 구하러 다녔으나
모두가 한결같이 겨자씨는 드리겠지만
우리 집도 당신처럼 귀중한 사람을 잃고 슬퍼한 일이 있지요
재작년에는 전염병이 돌아 아들과 딸을 한꺼번에 잃고도
모진 목숨이라 이렇게 살아간다오
이런 말만 듣고 돌아와서

세존이시여! 거룩한 이여! 잘 깨우쳤나이다
살아 있는 자 누가 죽음을 면하겠으며
누군들 죽음이 갈라놓는 이별을 겪지 않겠습니까
나도 그만 출가하여 생사 없는 도리를 깨우치겠나이다

오라!
이곳은 그대가 쉴 만한 곳이니라

그의 이름은 끼사고따미
대아라한의 비구니가 되었다

# 바보 반특카˚도 깨달음을 얻고

부지런히 쓸고 닦아
먼지와 때를 없애라
이렇게 간단한 게송을 외워
대아라한이 된 반특

반특은 너무나 심하게 아둔하여
하나를 배우면 오히려 둘을 까먹었다

보다 못한 형이
아우야 안 되겠다

˚ 형제가 같이 스님이 되었는데 형은 '마하 주리 반특카'이고 동생은 '주리 반특카'이다. 대개 경전에 나오는 사람들의 이름에는 같은 이름이 많다. 그중에는 형제가 같은 이름을 사용하는 경우도 있고, 전혀 다른 사람인데 같은 이름을 사용하는 경우도 있다. 이럴 때는 서로 구별하기 위해 형이 되는 사람에게 마하라는 이름을 붙여준다. 반특카는 머리가 아둔했다. 형은 반대로 매우 영리했는데 동생 반특카는 너무나 머리가 아둔했다. 그래서 부처님이 일러주는 게송을 한 구절도 외우는 것이 없었다. 하나를 가르쳐 주면 둘을 잊어 먹을 정도였다. 절에서 아둔하고 바보 같다고 흉보는 말에 '반특이 같은 놈'이라는 말이 있다. 그 정도로 멍청했다. 하지만 진리를 깨닫는 것은 결코 머리가 영리해야 하는 것은 아니다. 바보온달이 용감한 장수가 될 수 있었던 것은 그의 순진하고 질박한 성품 때문이듯이 반특카에게도 순박한 성품에다가 중도에 포기하지 않고 끝까지 노력하는 부지런함이 있었다. 그래서 영특한 형보다도 먼저 진리를 깨닫고 대아라한이 될 수 있었다. 누구든지 도를 깨달을 수 있다는 것을 반특카는 보여주었다. 요령 피우지 말고 우직하게 열심히 노력하면 누구나 깨달음을 얻을 수가 있다. 주리 반특카가 그것을 보여주었다. 아직도 도를 깨닫지 못한 그대여! 그대는 그래도 반특이보다는 영리하지를 않는가. 부지런히 노력하라.

너는 도무지 수행을 하지 못하도록 아둔하지를 않느냐
그러니 이 정도에서 포기하고
그만 고향으로 돌아가 부모님이나 잘 모셔라

형님 무슨 그런 섭섭한 말씀을 하셔요
나같이 둔한 사람은 깨달음을 얻을 수가 없다면
그게 무슨 인류의 위대한 가르침입니까
그런 말도 안 되는 말씀은 하지 마세요
나는 기어이 깨달음을 얻고야 말겠습니다

이렇게 옥신각신
반특이 훌쩍거리며 울고 있자
마침 그 앞을 지나가던 부처님이
너희는 반특카의 형제가 아니냐
무슨 일로 그리 다투고 있느냐
예! 부처님 제 아우 반특 좀 어찌해 주세요
경전의 한 구절도 못 외우는 반특카는
그만 집으로 가라고 타이르고 있는데
고집만 너무 세서 도무지 말을 듣지 않습니다

아니다, 아니다
도를 깨닫기 위해 출가를 했는데
집으로 가라고 해서야 되겠느냐

반특카야! 이리 와 보아라
여기 이 빗자루를 하나 줄 테니
이걸 들고 다니면서 너는 열심히 먼지를 털고 쓸어라

부지런히 쓸고, 쓸고, 또 쓸고 닦아
언제까지고 그 일만 열심히 해 보아라

그러면서
부지런히 쓸고 닦아
먼지와 때를 없애라
하는 이 게송을 외우도록 하여라
이 정도는 할 수 있겠지

예! 부처님, 집으로 가라는 소리만 안 하시면
한눈팔지 않고 열심히 아주 열심히 하겠습니다

대중들아 너희들도 반특이를 도와야 하겠다
이후로는 반특이가 비질을 하는 것을 보면
이 게송을 기억해 두었다가 외워 주어라

그렇게 일 년이라는 시간이 지난 뒤
반특은 문득 큰 깨달음을 얻었다
아! 그렇구나. 먼지와 때라는 것은
우리의 마음의 번뇌인 탐욕을 말하는 것이구나

부처님께 달려가 말씀을 드리자
부처님은
봐라!
어리석고 무디다고 하던 반특이도
이렇게 도를 깨달아 대아라한이 되었구나
반특아 이리 와 법상에 올라가거라
그리고 너의 깨달음을 말해 보아라

반특의 설법을 들은 대중들은
반특을 존경하게 되었다
특히 비구니 스님들에게 큰 인기가 있었다고 한다

## 기구한 운명의 연화색(蓮花色)*

어찌 이 정도로 기구한 운명도 다 있습니까

부처님이 저 갠지스 강 옆 와라나시의 숲에 있을 때
절색의 미인 연화색은 찾아와
부처님 앞에 무릎을 꿇고 앉아 울며 말했다

나는 본시 아바티국의 웃제니시에 살았습니다
어려서부터 얼굴 하나는 넘치도록 잘생겨서
누구나 한번 내 얼굴을 보면 뼈마디가 녹는다 했지요
그래서 이름도 연꽃같이 예쁘다고 연화색입니다

나이 들어 같은 웃제니에 사는 사람에게로 시집을 갔는데
처음에는 꿈같이 행복한 신혼을 보냈지만

* 비구니 중에서 수보리와 쌍벽을 이루는 해공의 제일인자다. 얼굴 하나는 절세가인으로 타고나 그래서 이름도 연화색이지만 그는 지랄 같은 운명을 타고났다. 그러나 그것을 어떻게 잘 극복하고 부처님을 만나 깨달음을 얻었다. 남성이 지배하는 사회에서 여성의 삶이란 남성에 의해서 결정지어지는 경우가 많다. 연화색도 자신이 저지른 불륜이 아니라 두 번 다 남편의 불륜에 의해서 심한 상처를 받았다. 하지만 그는 그것을 잘 극복하여 성자가 되었다. 나는 경전의 이런 대목을 읽으면 어떻게 이렇게까지 훌륭한 내용을 가지고 있는가 하는 것에 놀라운 즐거움을 느낀다. 연화색 비구니, 심히 존경스러운 분이다.

첫째 딸을 낳고 몸조리를 하는 사이
신랑이 홀로 사는 친정어머니와 몸을 섞고 말았지요

하늘이 노랗고 정신이 혼미해지는 충격 속에
어린 딸을 버려둔 채로 집을 나와 미친 듯이 돌아다녔습니다

그러다가 흘러, 흘러 와라나시로 오게 되었는데
또 전생의 무슨 숙연인지 장사를 하는 한 남자를 만나
다시 꿈같이 행복한 삶을 살게 되었습니다

신랑은 성질도 온순하고 나를 깊이 사랑해 주고
또 돈도 잘 벌어 더할 수 없이 좋은 사람

그런 남편이 웃제니에 갔다가
젊은 여자를 제 이의 부인으로 데리고 왔는데
아! 기구한 운명이여 삶의 저주여
그 여자가 전남편에게서 낳은 내 딸 치타였습니다

전남편은 어머니와 같이 하더니
또 다시 딸과 같이 한 남자를 같이 하니

도대체 무슨 이런 지랄 같은 운명이 있습니까?

부처님의 앞에서
울고, 울고, 또 울고, 엄청나게 울고 난 뒤에
연화색은 스님이 되어

창날 같고 칼날 같은 운명에서 벗어나
이제 나는 마음을 정복하여 편안해졌다
쾌락의 즐거움도 다 무너져 내리고
무명의 암흑 덩어리는 산산이 부서졌다
내 운명의 악마여
너는 내게 패배했다
내게서 완전히 소멸당했다

하는 게송도 지었다
스님들 중에서도 특출하게 공(空)을 잘 이해했다고 하니
그의 기구한 삶으로 보아 당연하다

## 빔비사라왕의 귀비 케마

싫습니다. 아, 싫어요. 싫다니까요
세존은 여인의 아름다움 같은 것은 부정한다면서요
나는 너무나 아름다우므로 세존은 나를 싫어하실 것입니다

빔비사라왕의 사랑을 듬뿍 받고 있었던
귀비(貴妃) 케마는 콧대 하나는 제일로 높았다

그런 그도 결국에는 부처님의 설법을 듣고
여인의 아름다운 미모란 얼마나 허망한 것인가를 깨달아
출가하여 비구니가 되었다

• 이 중요한 비구니 스님을 알고 있는 사람들은 흔하지 않다. 연화색과 더불어 절세의 미인이었다. 왕족으로 신분도 높았는데 강대국 마가다의 빔비사라왕과 혼인하여 그의 왕비 중의 하나다. 처음에 케마는 부처님을 싫어했었다고 한다. 그 이유가 자기는 매우 뛰어난 미인인데 부처님은 미인을 싫어한다고 알았기 때문이다. 이해가 가는 부분이다. 우리말에 꼴값한다는 말이 있다. 얼굴이 잘생긴 사람은 주변 사람들이 부러워하고 관심을 가져주니까 스스로 교만해진다. 콧대가 높아지는 것이다. 그렇게 꼴값을 하고, 콧대가 높은 사람일수록 주변에서 자신에게 관심을 가져주지 않으면 견디지 못한다. 전에 무슨 행사에 참석했는데, 그 자리에는 젊은 여배우가 초대받아 와 있었다. 내가 그에게 이름이 무엇이며, 무슨 일을 하느냐고 물었다. 솔직히 나는 그 여배우를 처음 보았다. 그랬더니 주변에서 이구동성으로 배우 아무개를 모르냐고 했다. 마치 내가 그의 이름을 모르는 것이 큰 잘못이나 되는 것처럼…… 그리고 당사자는 나에게 무시당하고 창피를 당했다는 듯이 얼굴을 붉혔다. 그런 일이 있었다. 내가 그 잘생긴 여배우를 몰라본 것이 글쎄, 큰 실수는 실수였는지 어떤지……

나는 내가 영원히 아름다울 줄로만 아는 교만심을 가지고 있었구나
늙고 병들면 더할 수 없이 추해질 수도 있고
노망들거나 고통이 심한 병이라도 들면 또 어찌하랴
이런 생각을 하고는
지혜 하나는 출중한 대아라한이 되었다

어느 날 꼬살라국의 용맹한 왕 파사익이 찾아와
여래는 열반하시고 난 뒤에도 존재하시는가요?
하고 묻는 질문에 침묵하고 답변하지 않았는데
그것은 참 현명한 답변이기도 하여
두고, 두고 사람들로부터 칭송을 받았다

## 거짓 임신을 한 찐짜*

아침에 사람들이 부처님이 계시는 정사로 올라가면
웬 잘생긴 여인이 야시시하게 꾸미고는 내려오고
날이 저물어 사람들이 정사에서 내려오면
그 여인은 역시 야시시하게 꾸미고는 올라가고
그렇게 반대로만 왔다 갔다 하더니
어느 날 부처님이 설법하는 자리에 나타나
불룩해진 배를 내밀고 큰소리로 외쳤다

거짓과 위선으로만 가득한 대사문아
너는 무척 청정하게 사는 척 말하면서

* 역시 부처님 당시에는 사람들의 윤리 의식도 문란했고, 음모와 계략이 많았다. 외도들은 여러 가지 방법으로 부처님의 덕행을 흠집 내려고 했고, 음모에 빠트리려고 했다. 그 가운데 찐짜라는 여자는 부처님을 음해하려고 하는 외도들이 돈을 주고 산 여자다. 이 여자는 어느 날 부처님이 대중들 앞에서 설법하고 있는 자리에 갑자기 나타나 자기가 부처님의 아이를 잉태했다고 했다. 경전에서는 하늘의 사천왕이 쥐로 변신해 여자의 복대를 물어뜯어 배 위에 차고 있던 바가지가 흘러내리게 해서 들통이 났다고 하지만 사실은 그 자리에 참석한 대중들이 그 여자의 불룩한 배를 들춰봤을 것이다. 옛날이나 지금이나 수행자에게 가장 큰 약점은 스캔들이다. 특히 명성이 높은 성직자들에게 이것은 치명적인 상처를 준다. 버선 속같이 까뒤집어 속을 보여줄 수도 없고, 사실 설명을 해도 사람들은 그저 추한 변명 정도로밖에 생각하지 않는다. 무엇보다 사람들은 진실을 알고 싶어 하기보다 사실 여부와 관계없이 스캔들 자체에만 흥미를 가진다. 이런 함정에 한 번 빠지면 여간해서 벗어날 수 없고, 마음에 큰 상처만 남긴다. 부처님 같이 위대한 성자도 이런 음모에 빠질 뻔했다는 이 기사는 그런 의미에서 시사하는 바가 많다.

어찌하여 내게는 이렇게 아이를 잉태하게 하였느냐
내 배 속의 아이를 어떻게 책임질 테냐
이렇게 악을 쓰며 소리, 소리 질러대니
모두들 눈이 휘둥그레져서 쳐다보는데
갑자기 배 속의 끈이 풀어져
바가지가 훌러덩 흘러내렸다

천신이 이때 쥐로 변신하여
여인의 배 속에 끈을 쏠았다고 하는 말이 전해지는데
정말 그랬을 것이다

나중에 밝혀진 바에 의하면
외도의 무리들이 부처님을 모함하고자
그 여인을 돈 주고 샀다고 한다

## 외도들의 음모로 죽은 순다리*

더욱 심한 경우는 순다리이다

미모가 뛰어난 이 여인은

본래 왕사성 출신으로

외도(外道)였는데

그 나라의 국왕인 파사익도 불교에 귀의하고

기원정사가 지어지면서

불교의 세력이 날로 커지자

브라만의 외도들은 자신들의 교세가 약화되는 것에 겁을 먹고

순다리를 꼬드겨 기원정사에 자주 들락거리게 하고서는

어느 날 몰래 죽여서

부처님이 자신의 부정한 행위가 들통 날까 보아서

죽였다고 소문을 냈다

* 부처님의 중생 교화에는 어렵고 힘든 것도 많았고, 끝없는 음해와 모함이 뒤따랐다. 외도들은 순다리라는 여인을 죽여 놓고 부처님이 자신의 부정행위가 들통 날까 두려워 그 여인을 죽였다는 소문을 냈다. 이런 경우 아니라고 해명을 하는 것 자체가 매우 궁색하다. 부처님은 제자들에게 일체 대응하지 말고 침묵으로 일관하라고 했다. 얼마 지나지 않아 진범이 잡히면서 이 사건은 마무리가 되었다. 뛰어난 과학적 수사를 한다고 하는 요즘도 이런 음해는 자주 일어난다.

그러나 부처님은 제자들에게
침묵으로 대하고
과민 반응을 하지 말라고만 하셨다
얼마 후에 돈을 받고 순다리를 죽인 사람이 붙들려
사건의 진실은 밝혀졌지만
이거 진실이 밝혀지지 않았으면 어찌할 뻔했나
외도들은 그때나 지금이나 끝없이 부처님을 모함하려고만 했다
모두가 인간의 질투심과 이기심의 결과이다

얼마 전에도 나는 어느 이교도가
차마 입에 담지 못할 말로 부처님을 욕하는 소리를 들었다
하지만 나는 빙긋이 웃었을 뿐 침묵하고 있었다

## 피부병에 걸린 풋티갓사팃사●

젊고 싱싱하던 피부에 몹쓸 병이 생기더니
차츰 심해져서
곪아 터지고 피고름이 줄줄 흘러내리는 지경까지에 이르렀다
사람들은 냄새가 심하다고 하여
그를 헛간 같은 곳에 버려지도록 하였는데

세존께서는 아무 말 없이 찾아오셔서
깨끗한 물로 그를 씻겨 주시고
상처에는 약도 발라 주시고
그가 입고 있던 옷들도
잘 빨아 햇볕에 말리고

● 전에 '불교 인권위' 위원장을 하시는 진관 스님이 '출가를 결심하고 찾아온 행자를 맞이할 때는 대종을 치고 대중이 가사 장삼을 입고 일주문 밖에까지 나가서 맞이해야 한다'라는 말을 했다. 나 역시 같은 생각이라고 했다. 오랫동안 수행을 했다는 것은 구참(久參) 납자(衲子)로서 큰스님 행세를 하라는 것이 아니다. 어느 경전에도 그렇게 가르치지 않는다. 수행하는 사람의 마음은 겸손과 하심이며, 인욕심(忍辱心)이다. 따라서 신참(新參)을 구박하는 구참을 잘 모시라고 하는 것은 세속적인 조직에서 하는 것이고, 출세간의 스님들은 반대가 되어야 한다. 스님이 행자를 받들어 모시고, 구참이 신참을 잘 모셔야 된다. 그것이 수행이다. 여기 부처님을 보라. 손수 당신의 제자가 병들어 고약한 냄새를 풍기자 아무도 그를 돌보지 않게 되었다. 그러자 부처님은 말없이 직접 찾아가 그를 목욕시키고 피고름이 묻은 옷을 빨아 주었다. 이런대도 어찌 우리가 부처님을 존경하지 않을 수가 있겠는가.

누구나 병들어 시들기 마련
몸은 죽어 흙으로 돌아가고
마음 또한 믿을 것이 못 되니
살아 이룩한 공부가 없다면
삶이란 얼마나 허망한 것이냐
가만히 그의 손을 잡고
이렇게 설법해 주셨는데

비구 뿟티갓사티싯사는 깊이 감동하고
크게 깨달음을 성취한 뒤
조용히 괴로움을 벗어 버리고
지극히 조용히 열반에 들었다

## 부처님을 너무 존경한 박칼리•

어쩜 저리도 거룩하게 밝고 빛나는 분이 계신가
부처님을 처음 본 박칼리는
순전히 부처님의 외모만을 보고 존경하게 되었다
설법을 하실 때도 부처님을 우러러 뵙기만 해도
마음이 즐겁고 그것이 수행의 전부인 줄로만 생각했다

그런 그가 문득 병이 들어 신음하고 누워서
아! 나는 이대로 죽고 마는가
마지막으로 부처님의 얼굴을 한번 뵙고 싶구나
누가 나를 부처님이 계신 곳으로 업어다 줄 수는 없는가
이런 생각만 하고 누워 있는데

• 나는 때로 경전을 읽으면서 감동을 넘어 섬뜩한 충격을 받을 때가 있다. 그중에 부처님이 박칼리에게 '박칼리야! 여래도 결국은 죽고 육신은 썩어서 없어진다. 그런데 너는 여래의 형상을 보아서 무엇을 어쩌겠다는 것이냐. 법에 의지하고 너 자신에게 의지하라'라고 하셨다는 대목에 이르면 몸에 어떤 전율 같은 것을 느낀다. 불교는 진리를 신앙하는 종교요, 자기 자신을 신앙하는 종교다. 그럼 진리는 무엇인가? 스스로 깨달아야 한다. 천박한 싸구려 교리를 가지고 절대적인 유일무이의 진리라고 떠드는 종교인들을 보면 정말 처량하고 불쌍한 생각이 든다. 모두 밖으로 진리를 찾지 말라, 진리는 바로 그대 자신이니까. 참고로《금강경》에서 부처님은 수보리에게 삼십이상의 원만구족한 상(相)으로써 부처님을 볼 수 있느냐 하고 묻는다. 수보리의 대답은 '아닙니다' 이다. 형상으로서 부처님을 볼 수 없다는 것이다. 그렇다고 형상을 떠나서 부처님을 볼 수 있느냐. 그것도 아니다. 그럼 어떻게 부처님을 보는가. 각자 알아서 하라.

그때에
부처님이 그의 병석으로 찾아오셔서
박칼리야 무슨 그런 생각을 다 하느냐

박칼리야
비록 여래의 몸이라고 해도 결국에는 썩어서 없어지는 것
나를 아무리 가까이서 보거나
나의 옷자락을 잡고 따라다녀도
그는 나와 가까이 있다고 할 수 없다
오직 법을 보는 자가 나를 보느니라

한번도 나를 본 일이 없어도
법을 보고 깨달음을 얻었다면
그는 나를 보았다고 할 수 있다
그러니 비구들이여
법에 귀의하고
자기 자신에게 귀의하라
하는 법문을 하셨다

법은 곧 진리이고

누구나 자기가 곧 부처님이니
이밖에 달리 무엇을 따르고 의지하리오

## 가짜 도인 행세를 한 바히야•

바히야여!

너는 눈으로 저기 저 한 송이 꽃을 보느냐

그것은 그대가 본다는 현상에 불과할 뿐이니

귀로 듣는 소리나

코로 맡는 냄새나

혀로 간을 보는 맛이나

몸으로 접촉하는 감촉이나

마음으로 분별하는 생각이나

다 그러하니

그곳에는 고유한 너는 없느니라

아하!

그렇습니다

그렇습니다

• 언제나 사이비, 가짜는 있다. 부처님 당시에도 가짜 도인 행세를 하는 사람들이 있었다. 바히사 역시 진리를 깨닫지도 못했으면서 마치 깨달은 것처럼 행세했다. 어리석은 사람들은 그의 뻘 소리를 도인의 말이라고 믿고 따랐다. 그러나 본인은 마음 한구석이 항상 찜찜했다. 본래 진리를 깨닫지 못하고 깨달은 척하는 가짜 도인들은 마음이 항상 찜찜한 법이다. 뱃속에는 탐욕만 가득하면서 도인 행세를 하는 인간들은 모름지기 바히야의 이야기에 주목하라. 그리고 가짜에서 한시 바삐 해방되라.

바히야는 어쩌다가 사람들이 그를 도인이라고 하자
그냥 도인인 척 행세를 하고 살아 버렸는데
마음은 늘 찜찜하고 불안하였다
그러다가 세존이 마을에 오셨다는 소리를 듣고
곧바로 달려가
세존이시여! 세존이시여!
매우 급하오니 어서 빨리 저에게 좋은 법문을 해 주세요

마침 부처님은 탁발을 하는 중이었지만
하도 급하게 졸라대는지라
길에 서서 설법을 해 주었는데
그는 즉시 도를 깨닫고

부처님! 비로소 저는 무거운 짐을 벗어 버리고
깨달음을 얻었습니다
가짜에서 해방되니
마치 천근 무게의 짐을 벗어 놓은 것 같습니다
어찌 이리도 마음이 개운한지요
하면서 행복한 미소를 지었다

# 눈빛이 고운 수바*

외로운 산길에 청초하게 피어난 꽃처럼
그대는 아름다운 여인
깊고 어두운 밤에 찬란하게 빛나는 별보다
그대의 눈은 더 아름답소
보름날의 밝은 온달보다
그대의 얼굴은 더 밝고
호수에 이슬을 머금고 피는 연꽃보다도

* 고금을 막론하고 사람들은 누구나 잘생긴 얼굴을 좋아한다. 이것은 부정할 수 없는 사실이다. 관상학을 하는 사람들도 평균적으로 잘생긴 사람이 복이 있다고 한다. 물론 잘생겼다고 하는 기준도 사람마다 제각각이어서 딱 집어서 이렇게 생긴 것이 잘생겼다고 말할 수는 없다. 하지만 그런 중에도 보편성은 있는 것이어서 서로가 공감하는 잘생긴 얼굴은 있다. 요즘은 잘생긴 얼굴에 대한 관심이 지나치다 싶을 정도다. 얼굴 지상주의가 되었다고도 한다. 그래서 성형 중독자도 생겨났다. 사실 그 사람의 생김새는 바로 그 사람을 나타내고 있다. 그 사람의 인격과 품성은 물론이고 그 사람의 사회적 배경이나 직업과 직위 같은 것을 다 나타내고 있다. 나는 서예에 관심을 가지고 오랫동안 글씨를 써왔는데, 어느 때부터 글씨를 보면 그 사람이 보이기 시작했다. 정신이 맑고 깨끗한 사람의 글씨는 역시 맑고 깨끗한 기운이 돈다. 마음이 어둡고 탁한 사람의 글씨는 역시 탁한 기운이 보인다. 항차 글씨도 그러할진대 사람의 얼굴이야 말해 무엇하겠는가. 그러니 성형으로 얼굴을 고치려고 하지 말라. 스스로 고매한 인격을 가질 때 내면에서 풍겨 나오는 아름다움이 있다. 수바는 본래 기생 출신이다. 경전에 나오는 여인들 중에는 기생 출신이 많다. 여성들의 사회적인 활동이 극히 제한 받는 세상에서 그나마 세상과 접촉하고 자유롭게 활동할 수 있는 여인들이 기생이다. 그래서 우리나라도 조선조에 뛰어난 두각을 나타낸 여성들 중에는 기생이 많다. 수바 역시 기생 출신으로 뛰어난 미모를 지녀 명성을 얻었고, 수많은 남성들이 그를 보면 매료되었다. 특히 경전에 보면 그는 눈이 아름다웠던 모양이다. 그의 눈빛을 보고 있으면 누구나 그에게 마음을 빼앗기지 않을 사람이 없었다. 그러한 그이지만 출가하여 비구니가 되었다. 그리고 대아라한이 되었다. 얼굴을 팔아먹고 사는 사람이 아니라 진리를 깨닫는 길을 선택한 것이다. 그래서 더욱 아름다운 여인이다. 그러한 수바에게, 출가하여 비구니가 되었고 대아라한의 성자가 된 그에게, 열렬한 사랑을 고백한 사내가 있었다. 아마 아직도 수바가 기생이라고 생각했었던 모양이다.

그대는 더 향기롭소

그대는 아름답고
나 또한 젊음의 정열이 넘치니
수바여, 우리는 세상에서 가장 아름다운 사랑을 합시다

숲속의 요정 킨나리와 같은 눈썹
오호! 촉촉한 저 눈빛
나에게 그대의 매혹적인 눈을 주실 수는 없나요

아! 그래요 그럼 당신에게 나의 눈을 드리리다

이미 세속의 욕망을 다 벗어나
마음에 그림자가 하나도 없는
대아라한이 된 비구니 수바
젊은 청년의 정열적인 사랑의 고백을 받고
자신의 눈을 뽑아 그 사내에게 주었다

그때서야 사내는 정신을 차리고
죄송합니다, 죄송합니다

성자를 몰라보고
세속의 욕망으로 당신을 보았나이다
하고 용서를 빌었다

카시국의 기생이었던 수바
카시국과도 안 바꾸는 미모였으나
이처럼 출가하여 성자가 되었다

## 천하 명의 지와까*

우리나라에는 허준이 있고
중국에는 편작과 화타가 있고
그리스에는 히포크라테스가 있었듯이
인도의 명의는 지와까다

그는 부모를 모르는 고아로 자랐다
얼마나 절박한 사연이 있었기에
그의 어머니는 핏덩어리인 지와까를
바구니에 넣어 쓰레기통에 버렸을까?

불쌍한 지와까
어린 시절의 고생을 잘 극복해 내고

* 위대한 의사는 육신의 병만 고치는 것이 아니다. 죄를 짓고 괴로워하는 사람에게 잘못을 뉘우치고 개과천선하게 하여 마음을 고쳐준다. 물론 그런 의미에서 부처님은 스스로 '나는 의사와 같아서 병을 따라 약을 사용하듯이 사람에 따라서 법을 설한다'라고 하셨다. 《법화경》에는 여래가 큰 의사라고 했다. 부처님 당시의 명의는 지와까로 중국의 편작이나 화타를 능가하는 명의였다. 그가 아사세왕을 부처님께 인도하여 참회하게 했다는 기사가 경전에 실려 있다. 그는 아버지 빔비사라왕을 죽이고 권력을 찬탈한 잘못으로 괴로워하고 있었다. 그러한 그는 지와까의 인도로 부처님께 나아가 설법을 듣고 참회하고 새롭게 불자가 되었다. 지와까는 부처님의 주치의였다.

그 어려운 의학을 잘 공부했다

스승이
너 저기 저 산에 올라가서 풀이나 나무나 그런 것들을 잘 살펴보고
그중에서 약이 안 되는 것 하나를 골라 가지고 와 봐라
그래서 산이라는 산을 다 뒤졌지만
세상에 약이 안 되는 것은 없다는 것을 깨달아 버리고서는
이후 그가 고치지 못하는 병은 없었다고 한다

빔비사라왕의 치질도 고쳐 주고
부처님의 설사도 고쳐 주고
어떤 부잣집 마님의 고질적인 두통 병도 고쳐 주고
어떤 장자의 머리 속에서는 벌레도 꺼내 주고
병이라는 병은 닥치는 대로 다 고쳐 버렸다

그중에도 그가 고친 병 중에서는
아버지를 죽인 아사세가
날로 괴로워하는 병을 앓고 있을 때
아무도 안 보는 밤 조용한 그런 시간에 부처님께 인도하여
부처님의 설법으로 그 병을 고쳐 준 것이 가장 으뜸이다

## 슬퍼하지 말라

날씨조차 화창하고
바람조차 맑게 불어오는 어느 날
부처님의 얼굴은 어느 때보다도 맑고 빛났다

부처님! 일찍이 오늘처럼 부처님의 얼굴이 빛나 보이는 때는 없었습니다
아난이 이렇게 부처님께 말씀드리자

아난아!
그것은 두 가지의 인연 때문이다
여래가 보리수 아래서 깨달음을 이루었을 때와
열반에 들려고 할 때이니라
하고 대답하셨다

아! 이 얼마나 놀라운 일인가
우리의 스승이시며
일체중생의 어진 어버이시고
모든 신(神)들의 스승이시며

성자 중에서도 가장 위대하신 성자이시며
하늘 위에서나 하늘 아래에서
오직 존경받을 자에게 존경을 받으시는 분
부처님이 열반에 드시려고 하시는가

하늘에 태양이 사라지는 것보다 더 슬픈 일이로다
꽃도 피지 않고
꽃에서 나는 향기도 사라지고
푸른 나무와 나무를 지나서 오는 바람도 사라지고
새들조차 노래하지 않는 세상처럼 삭막하게 된단 말인가

아난아!
그리고 여러 비구들이여!
걱정하지 마라 걱정하지 마라 여래가 없다고 걱정하지 마라
이미 여래의 교법은 잘 설해져 있으며 계율도 잘 설해져 있다
그러니 너희들은 교법에 의지하고 계율에 의지하라
그리고 게으르지 마라

무엇을 두려워하고
무엇을 슬퍼한단 말이냐

## 침묵해야 할 때 침묵하라•

찬나는
성질이 고약해지고
급하고 괴팍하기까지 하여
욕을 잘하고
말이 많습니다

부처님의 말밖에 듣지 않는
저 골치 아픈 찬나를
부처님이 안 계실 때에는
우리들이 어떻게 감당해야 합니까

• 찬나는 잘 아는 것처럼 부처님이 태자 시절 수행비서 내지는 말을 모는 시종으로 데리고 있었던 사람이었다. 부처님이 출가를 할 때도 애마 깐타까를 몰고 수행한 사람이다. 그러한 그도 나중에 부처님이 성도를 하시고 모국 가비라에 찾아왔을 때 여러 석가족의 젊은 청년들이 앞다투어 출가하는 것을 보고 출가를 했다. 그러나 그는 부처님의 시종이었던 것을 특권으로 생각하여 부처님 이외에 누구의 말도 안 듣는 고집불통이었다. 함부로 행동하여 대중의 미움을 사고 있었다. 그래서 대중들은 그를 어떻게 하지도 못하고 항상 골칫거리로 생각하고 있었다. 부처님이 열반하시고 나면 이런 비구들은 어떻게 해야 할 것인가 하는 것을 대중들이 걱정했다. 이에 부처님은 그런 비구들과 일일이 시비를 하지 말고 묵빈대처를 하라고 하셨다. 이것은 수행자 집단이 취할 수 있는 최선의 방법이다. 잘못에 대하여 지적하고 시비를 가리는 것보다 그 잘못에 대하여 대중이 일제히 침묵으로 대하는 것이야말로 가장 적절한 대응이요. 잘못을 뉘우치고 스스로 부끄러워하게 하는 방법이다. 요즘 대중처소에서도 이런 방법은 필요하리라고 본다. 가령 입승스님이나 기타 대중을 통솔하는 스님이 누구누구는 이런 잘못을 범했으니 앞으로 대중들은 얼마의 기간 동안 엄중하게 침묵으로 대하라고 하는 방침을 내린다면 어떻겠는가. 퇴방을 시킨다든지 하는 것보다는 훌륭한 방법이라고 생각한다.

침묵으로 대하라
찬나뿐이 아니라
대중과 잘 화합하지 못하고
성질이 사나워 잘 다투고
작은 일에도 화를 잘 내고
성질을 부리는 그런 사람

장로 비구들의 말도 듣지 않고
무엇이든지 제 고집대로만 하려고 하는 사람
여러 비구들이 모인 자리에서 위아래의 질서를 잘 지키지 않는 사람
그런 사람에게는 침묵으로 대하라

대중이 침묵으로 대하는데도
부끄러워하지 않고
잘못을 뉘우치지도 않는 사람
그런 사람이야 어찌 수행자라고 할 수 있겠느냐
그에게는 더욱 침묵으로 대하라

## 다시 녹야원으로 돌아오셔서•

말년의 부처님은 오랜만에 녹야원으로 돌아오셔서
이곳저곳을 돌아보시고
옆에 있는 사리불과 여러 제자들에게 말씀하셨다

사리불 그리고 목련
나는 이곳에서 일찍이 그 어떤 사람도 굴린 적이 없는 법륜을 굴렸다
그것은 고(苦) 집(集) 멸(滅) 도(道) 사성제(四聖諦)다

비구들이여
내가 없는 곳에서는 사리불과 목련 존자 같은 장로를 잘 받들어 모셔라
그들은 잘 수행하여 지혜로우며
계율이 맑은 물과 같아서 청정한 경지에 도달하였다
평소에 사리불이나 목련 같은 장로는 낳아주고 길러준 어머니와 같다

• 부처님이 열반을 앞두고 최종적으로 일생동안 설법하신 교화를 마무리하시는 듯한 녹야원의 방문은 새삼스러운 의미가 있다고 보인다. 사리불이나 기타 여러 제자들은 이때 무엇인가 무상하고 쓸쓸함을 느꼈을 것이다. 나는 이곳에서 그 어떤 사람도 굴린 적이 없는 법륜을 굴렸다고 하시는 말씀에는 옛일을 추억하시면서도 당신의 일생 업적에 대한 자신감과 당당함도 엿보인다. 이런 것이 경전을 읽는 사람들의 맛이다. 초월적인 부처님의 모습이 아니라, 지극히 인간적인 모습을 볼 수 있지 않는가. 이런 구절에서 감동을 느끼고 더욱 깊은 발심을 할 수 있어야 한다고 본다. 보라. 부처님의 설법은 처음 사성제에서 출발하여 결국 다시 사성제로 돌아오는 것을…… 이 위대한 서사를…….

처음 발심하여 수행하는 이들을 잘 길러주고
이끌어 주고 돌봐준다
이들의 지도를 잘 받으면 깨달음에 도달할 수 있다

이처럼 말씀하시고 부처님이 쉬시러 처소로 돌아가시자
사리불에게 비구들이 모여 물어보았다
부치님이 방금 하신 말씀은 어쩐지 깊은 의미가 있는 듯합니다

그렇습니다
부처님은 이 녹야원에서
일찍이 그 어떤 사람도 굴린 적이 없는 법륜을 굴리셨습니다
그것은 사성제(四聖諦)의 법입니다
여래의 법은 진리 중의 진리이니
나고 늙고 병들고 죽은 것이 괴로움〔苦〕이며
만나기 싫은 원수를 만나는 것이 괴로움〔苦〕이요
사랑하는 이와 아픈 이별을 해야 하니 그것이 괴로움〔苦〕이고
간절하게 구하지만 얻을 수 없는 것이 괴로움〔苦〕이며
행복하고자 하나 온갖 번민과 걱정과 근심과 슬픔이 떠나지 않는 것이 괴로움〔苦〕이니
우리 부처님 여래께서는 이처럼 삶의 실상을 말씀하셨습니다
그럼 이러한 괴로움의 원인이 무엇입니까

부처님은 집(集)이라고 하셨습니다
삶의 업(業)은 모두 망집에서 생기나니
그것은 애욕과 번뇌를 가져옵니다

그럼 어떻게 괴로움과 괴로움의 원인인 집(集)에서 벗어나는지요
그것은 망집을 버리는 멸(滅)입니다
망집을 멸하면 여래의 깨달음 적멸을 얻게 됩니다
그 집착을 버리고 적멸로 가는 길은 무엇입니까
그것은 도(道)입니다
여래께서는 모든 사람이
열반의 경지를 얻을 수 있도록
여덟 가지 길을 잘 설해 놓으셨습니다

## 계율을 잘 지키라*

비구들아! 그리고 비구니들아!
너희들은 여래가 이 세상에 없더라도
조금도 걱정하지를 마라
여래가 살 설해 놓은 법이 있고
너희들이 수행할 때 의지하고 지켜야 할 계율이 있다

그러나 부처님! 가끔은 가짜 약을 파는 약장사같이
계율을 지키지도 않으면서
청정한 수행자인 것처럼 행세하는 자들도 있습니다

아마라 열매가 설익고 잘 익은 것을 구별하기가 어려운 것처럼
거리에 약을 파는 약장사가 가짜를 섞어서 팔면
어떤 것이 진짜 약이고 가짜 약인지를 알 수 없는 것처럼

* 열반을 앞두고 설한 《열반경》에는 대중들에게 계율을 잘 지킬 것을 거듭해서 말씀하시는 것을 볼 수 있다. 부처님은 교단이 지속적으로 발전하고 불법이 지구촌 어디든지 전해지길 바라셨을 것이다. 그러려면 사문들이 계율을 잘 지켜 청정한 교단을 유지하는 것이 무엇보다 필요했다. 다른 종교에서처럼 부처님은 교단의 지배권을 행사하는 지도자를 두고 그 지배자가 강대한 권력으로 교단을 지배하게 하는 것을 원치 않으셨다. 수행자의 집단은 어디까지나 자율에 맡길 수밖에 없고, 그것이 수행자다운 모습이다. 그러한 수행자에게는 계율을 잘 지키는 것이 가장 중요했다.

성문 가운데서도 이름만 빌린 사문이 있지만
천안통을 가진 대아라한이 아니면 그들을 알지 못하고
신도들은 그들에게 속아서 공양하고 예배합니다
또 그들의 잘못된 가르침을 따르고 배웁니다

심한 경우는 그들이 대아라한의 행세를 하고
대중을 지도하고
교단을 장악하는 경우도 있을 것입니다

그래 그렇다고 해도
만약 그가 파계한 줄을 알았다면
그에게는 보시하거나 예배하지 말아야 한다

그가 법답지 못한 줄을 알았거든
그가 요구하는 것을 들어주지 말고
그가 가사를 입고 있을지라도 공경하거나 예배해서는 안 된다

교단이 오랫동안 유지되고
청정한 수행의 등불이 꺼지지 않고
여래의 법이 소멸하지 않고 전해지는 것은

오직 계율을 잘 지키는 것이다
나의 제자 사문들은 오직 계율을 잘 지켜야 한다
그리고 계율을 잘 지키는 이를 예배하고 공경해야 한다

잘 들어 보아라
만약 어떤 사람이 큰 바다를 건너가는데
나찰 귀신이 나타나서
구명대를 달라고 해도 절대로 줄 수 없는 것과 같이
계율은 절대로 내어 줄 수 없는 구명대와 같다

나찰 귀신이 구명대의 절반만이라도 떼어 달라고 하거나
아니면 손바닥만큼이라도 떼어 달라고 해도
절대로 떼어 줄 수가 없는 것처럼
계율은 아무리 작은 것이라도 떼어 줄 수가 없는 것이다

구명대를 조금 떼어 주거나 많이 떼어 주거나
일단 떼어 내어주기만 하면 바다에 빠져 죽는 것처럼
계율도 조금만 떼어 주어도
청정한 수행자의 생명이 끝나기 때문이다

## 의지해야 할 네 가지*

부처님!
우리들 수행자들은
네 가지 법에 의지하겠습니다

오직 법에만 의지하고
사람에게 의지하지 않겠으며

오직 뜻에만 의지하고
말에 의지하지 않겠으며

오직 지혜에만 의지하고
지식에 의지하지 않겠으며

* 여기서도 부처님은 대중들에게 당부의 말씀을 하신다. 점점 여래가 열반할 시기가 다가오고 있음이다. 이렇게 부처님은 거듭해서 간곡하게 우리들에게 법에 의지하고 뜻에 의지하고 지혜에 의지하고 요의경(了義經)에 의지하라고 당부하신다. 그럼에도 우리들은 얼마나 수행에 게으름을 피웠으며, 법 아닌 것에 의지하고 뜻을 버리고 말을 따랐으며 지혜 얻기보다는 지식을 추구하고 또 요의경을 의지하지 않고 소승과 외도들의 왜곡된 가르침에 심취해왔는가. 지금도 여전히 부처님은 우리에게 간곡하게 말씀하고 계신다. 법에 의지하고 사람에 의지하지 말라고……

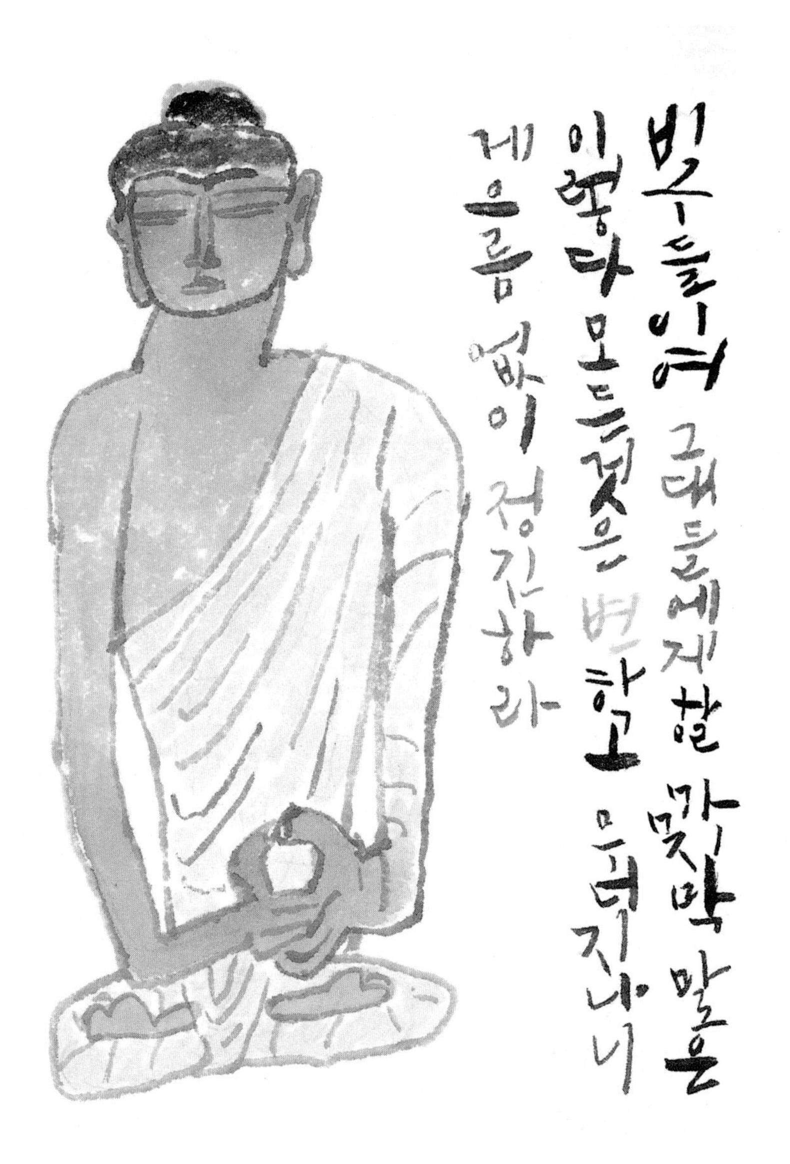

비구들이여 그대들에게 할 마지막 말은
이 세상 모든 것은 변하고 무너지나니
게으름 없이 정진하라

오직 요의경(了義經)에만 의지하고
요의경이 아닌 것에는 의지하지 않겠습니다

그래 가섭과 여러 대중들
너희들은 참으로 여래의 법을 잘 이해하고 있다
나는 아직 지혜에 눈뜨지 못한 이들을 위해
이 법을 설한 것이니
아직도 수행이 미흡하고 깨달음에 눈뜨지 못한 이들은
잘 들어라

법에 의지함이란 곧 여래의 깨달음 열반에 의지함이고
여래의 가르침은 곧 법의 성품이고 법의 성품이 곧 여래이기 때문이니라

뜻에 의지함이란 뜻은 곧 깨달음에 의지한다는 뜻이니
번지르르한 말과 치장하는 말로는 깨달음을 얻을 수가 없기 때문이니라

지혜에 의지함이란 곧 깨달음을 이루어야 지혜의 덕성을 가진다는 뜻이니
번뇌가 사라지고 분별의식이 사라지면 그것이 여래의 반야이기 때문이니라

요의경(了義經)에 의지한다고 함은 대승의 가르침에 의지한다 함이니

대승의 가르침은 일체중생을 모두 깨달음으로 이끌기 때문이니라

청정한 계율과 여래의 가르침을 잘 수행하는 대중들아
이처럼 네 가지의 법에 의지하는 사문들이 있는 한
여래의 법은 소멸하지 않느니라
부디 게으르지 말고 부지런히 수행하라

## 대장장이 쭌다°

빠와성에서 대장장이의 아들로 태어나
대장장이로 돈을 번 쭌다
전생에 지극한 공덕이 있었을 것이다

마지막 열반을 하실 곳 꾸시나라로 가기 위해
지치고 힘든 여행을 하시던 부처님께
기원정사에까지 찾아가 공양을 올리겠다고
자기 집으로 초청을 하고
맛있는 요리를 공양으로 올렸다

° 정성스럽게 올린 공양이 어떻게 잘못되어 부처님은 설사를 하시기 시작했다. 그 음식이 돼지고기라고 하니 아마 식중독을 일으키는 대장균이 있었던 모양이다. 그러나 경전에서는 좀 과도하다시피 부처님은 쭌다의 공양이 공덕이 많다고 칭찬을 하신다. 이는 부처님께 어떻게 상한 음식을 올려 배탈이 나게 했느냐고 주변에서 그를 질책하고 원망하지 않을까 하는 걱정에서 부처님이 그를 한없이 배려한 것이다. 여기서 잠깐 참고로 말하자면 부처님은 평소에 식사를 얻어서 잡수셨다. 칠가식(七家食)이라고 해서 일곱 집을 돌아 밥을 얻으면 사원으로 돌아와 잡수셨다. 이렇게 음식을 얻어서 잡수시기 때문에  지금 사찰에서 음식을 해서 먹는 것과는 달리 음식의 질이나 종류 내지는 청탁을 따질 수가 없다. 누가 어떤 음식을 주든지 가리지 않고 먹어야 한다. 그래서 고기를 주면 고기를 먹고 나물을 주면 나물을 먹었다. 엄격한 채식주의자가 아니라는 말이다. 이러한 공양 의식은 지금도 동남아 지역의 불교에서는 남아 있다. 태국이나 미얀마, 캄보디아 같은 국가에서는 스님들이 탁발을 해서 공양을 한다. 점심 공양 시간이 되면 오렌지색 가사를 입은 스님들이 안행(雁行)으로 많게는 수백 명씩 또 적게는 수십 명씩 줄을 서서 탁발하는 행렬은  이 지역의 유명한 관광꺼리이다. 여기 스님들 역시 음식의 종류를 가리지 않는 것을 볼 수 있다. 나는 그들이 공양할 때 매우 자유롭게 웃고 떠들고 하는 것을 보고 감동을 받았다. 우리나라의 발우 공양은 너무나 엄격하기 때문이다.

부처님은 이날 요리를 잡수시고
쭌다야, 다른 사람에게는 이 음식을 주지 마라
하늘의 범천도 이 음식은 소화할 수가 없겠구나
하고 말씀하셨는데
이는 음식이 많이 상해서
다른 사람이 먹고 병이 날 것을 염려해서 하신 말씀이다

이때부터 설사를 하시기 시작하여
꾸시나라의 사라쌍수 아래까지 가시는 동안
아무것도 잡수시지 못하고
무려 스물다섯 번이나 휴식을 취해야만 했다

그러나 아난에게
쭌다의 공양은 매우 큰 공덕이 있다
내가 처음 성도를 한 후 공양을 올린 것과
이번 열반에 들 때 마지막 올린 공양은
모두 여래에게 올린 공양 중에서도 가장 큰 공양이니라
말씀하시어 한없이 쭌다를 배려하셨다

자기가 올린 음식을 잡수시고 부처님이 설사를 하셨으니

얼마나 많이 가슴이 졸였을꼬

그래도 쭌다는 참 복이 많은 사람이다

## 사라쌍수• 나무 아래서

세존께서는 까꿋타 강에서 목욕을 하시고
아난이여!
너무 슬퍼하지 마라
여래도 가야 할 때가 되면 가야 하는 법

오늘 밤 늦은 시간이 되면
꾸시나라의 사라수 숲속
한 쌍의 사라수 나무 아래
머리를 북쪽으로 둘 수 있도록 침상을 마련해 다오

그리고 여래가 마지막 가는 길을 보고 싶어 하는 사람들을 위하여
마을 사람들에게 알려다오
오늘 밤에 여래가 열반에 드시려 한다고

• 인도 성지순례를 할 때 사라수를 보고 깊은 감회를 느꼈다. 나무가 상당히 고귀하게 보였다. 부처님이 열반하신 꾸시나라의 열반지에는 어마어마한 전탑이 그냥 하나의 산처럼 쌓여 있다. 그 앞에 단아하게 서 있는 사라수, 몇 번이고 나는 그 나무를 만져 보았다. 눈을 지그시 감고 보니 부처님의 열반을 앞두고 아난과 여러 스님들 그리고 꾸시나라의 마을 사람들이 슬픈 얼굴들을 하고 앉아 있는 모습이 보였다.

밤이 깊어지자
부처님은 사자처럼 단정하게 누우시니
하늘의 신들은 꽃 공양, 향 공양, 음악 공양을 올리고
사라수 나무는 철이 아닌데도 하얀 꽃을 피웠다

아난이여!
너는 실로 오랫동안
나를 편안하게 시봉해 주었구나
너의 사려 깊은 행동은
나를 편안하게 하고
나를 찾아오는 사람들을 편리하게 해 주었다

아난이여!
꾸시나라의 사람들에게
마지막으로 여래를 참배할 수 있도록 해 주어라
내가 피곤해할까 염려하여
저들을 가로막지는 말아라

## 마지막 제자 수밧다•

꾸시나라의 사람들이 몰려와
차례대로 참배하고 물러나자
부처님은 잠시 휴식을 취하기 위해 조용히 누워 있는데
수밧다라고 하는 수행자가 찾아와 막무가내로 만나기를 청하니
처음에 아난은 안 된다고 하였지만
부처님이 그를 막지 말라고 하여
그는 마지막 세존의 제자가 되었으니
수밧다는 큰 영광의 가르침을 받았다

세존이시여!
세상에 알려진 성자들은 모두 깨달은 사람입니까

수밧다여!

• 뜻밖의 횡재라는 말이 있다. 수밧다가 그에 해당하는 사람이다. 그는 편력 행자라고 경전에 나와 있다. 아마 일정한 스승도 없이 이리저리 다니는 수행자였던 모양이다. 그런 그가 마침 꾸시나라의 숲에서 머물고 있는데 그때가 부처님이 열반하시기 위해 이 숲을 찾아온 날이다. 여러 사람들의 틈에서 그는 부처님을 만나 뵙기를 간청한다. 처음에 아난은 안 된다고 했다. 하지만 그것을 지켜본 부처님은 그를 만나 설법을 해준다. 그렇게 해서 그는 경전에 이름이 남게 된 마지막 제자가 되었다. 복이 있는 사람은 이런 기대 이상의 영광을 얻게 된다.

사성제 팔정도와 연기법과 깨끗한 계율에 의지하면
참된 성자가 될 수 있다
여래의 법은 이미 잘 설해져 있으니
그것에 잘 의지하여 수행하여라

## 열반•

아난다!
내가 입멸하고 난 뒤
이제 우리의 스승은 없어졌다고 말하지 마라
너희는 스스로에게 의지하고
법에 의지해야 한다

내가 설한 교법과
계율은 너희의 스승이 되리라
이것이 나의 마지막 설법이다
다시 물어볼 것이 있으면 물어보아라

• 대승의 대표적인 경전 중의 하나가 열반경이다. 물론 열반경에는 두 종류가 있다. 남방의 《열반경》이 있고, 《대반열반경》이 있다. 이중에서 《대반열반경》을 대승의 열반경이라고 한다. 《열반경》에는 매우 자세하게 부처님이 열반하실 때의 사항을 서술하고 있다. 여기에 《대반열반경》은 부처님 열반의 의미를 더욱 철학적으로 화려하게 서술한다. 그만큼 불교도들에게 부처님의 열반은 중요한 일이었다. 부처님은 마지막 설법에서도 '법에 의지하고 너 자신에게 의지하라'라고 말씀하신다. 나는 인도 성지순례 때에 여기 열반지에서 별도의 발원문을 써서 낭독하였다. 그리고 나도 모르는 사이에 눈물이 났다. 같이 간 일행들도 덩달아 눈물을 흘렸다. 우리 일행이 받은 그날의 그 감동은 평생 동안 잊을 수 없다. 부처님의 일생은 장중한 하나의 음악이다. 동서고금을 막론하고 악기라는 악기,, 아니지 소리를 낼 수 있는 것들은 모두 모여 소리를 내며 형언하기 어려운 음악을 연주하는 그런 연주다. 일찍이 누가 이렇게 장엄하게 죽음을 맞이한 사람이 있었는가? 누구의 죽음이 이처럼 평화롭고 아름다웠는가?

물어볼 것이 있으면 물어보아라
물어보아라
물어보아라
망설이지 말고 물어보아라

아무도 묻는 사람은 없었다
천지는 고요하게 침묵의 음악이 흐르고 있었다

형상이 있는 것이나
형상이 없는 것이나
영원한 것은 없나니
모든 것은 다 변한다
이것이 여래의 가르침이다
수행자들아 게으르지 말고 열심히 수행하라

그리고
깊이
깊이
더욱 깊이
선정에 들어

반열반에 드셨다

신이라는 신들은 모두 모여
세상에 소리를 낼 수 있는 것들을 모두 갖추고
이루 형언할 수도 없는 음악을 연주하였다
누구에게나 존경받을 만한 이의 열반을
그의 위대함을
다시 한 번 장엄한 음악으로 알렸다

## 다비•

하늘의 범천은 제일 먼저
노래로써 우주 법계(法界)에 두루 알렸다

인류의 큰 스승
깨달음을 성취하시어
비할 수 없는 큰 힘이 있으신 분
사생의 자비로운 아버지이신 부처님이
열반하셨도다

마음에 아무 동요도 없이 고매하신 인류의 성자께서
마지막의 때를 아시고
마치 등불이 다 타고 사라지듯이
열반에 드셨도다

• "석존께서 열반에 드셨습니다." 아난이 꾸시나라의 사람들에게 알리는 목소리가 들렸다. 그 목소리의 울림은 아직도 그곳 열반지에 남아 있다. 다비를 했다고 하는 그 거대한 전탑 위에 남아 있다. 부처님의 열반지에는 작지만 한국의 사찰이 있다. 내가 갔을 때는 한국의 스님이 계셨다. 어떻게나 반가워하고 친절하게 해 주시는지, 지금도 잊을 수가 없다. 순례객들은 반드시 들려 보시도록…….

우리의 스승 세존이 반열반에 드셨도다
아누룻다가 노래로서 대중들에게 부처님의 열반을 알렸다
아난도 꾸시나라의 마을 사람들에게 알렸다

밤늦은 시간에 세존께서 열반하셨습니다

이미 예견된 일이지만
사람들은 모두 놀라서 아우성치며 울었다

전륜성왕을 다비하는 방식으로
예에 따라 향나무를 높이 쌓고
그 위에 세존의 유해를 안치하고
꾸시나라 마을의 말라족 지도자가
향나무에 불을 붙였지만 불은 붙지 않았다

이때 아난은 대중에 알리기를
여러분 며칠만 기다려 봅시다
가섭 존자가 지금 오백의 비구들과 급하게 오고 있습니다
그분이 오기 전에는 결코 다비는 이루어지지 않습니다

그리하여 가섭 존자가 뒤늦게 도착하여
세존의 유해가 안치된 관 앞에 예배하자
부처님은 관 밖으로 발을 내보여
생사가 본래 없는 도리를 보여 주시고
장작더미에 스스로 불이 붙었다

# 사리•

원만하게 화장이 이루어지자
하늘에서는 저절로 비가 내렸다

꾸시나라의 말라족 사람들이 영롱한 사리를 수습하니
제일 힘센 마가다국에서 먼저 달려와 사리를 자신들이 모시고 가야 하겠다고 하고
릿차위족 사꺄족 불리족 꼴리야족
그리고 여러 브라만들과
그리고 말라족들까지 서로 사리를 자신들이 모셔야 한다고 다투게 되니
도나라고 하는 현명한 브라만이 나서서
그러지 말고 서로 공평하게 나누어 가지도록 합시다

이렇게 하여 사리는 팔 등분으로 나눠져

• 다비가 끝나자 영롱한 사리를 수습하게 되었다. 이 사리를 서로 가져다가 봉안하겠다고 전쟁이 일어나게 되었는데 다행히 도나라고 하는 사람이 중재를 하여 공평하게 팔 등분 하였다고 한다. 이렇게 나눠진 사리는 세계 곳곳으로 분배되고 유포되어 불법이 들어간 나라는 곳곳에 부처님의 사리를 모신 탑을 세우게 되었다. 우리나라에서는 천하의 명승이고 길지에 해당하는 곳에 부처님의 사리를 모셨지만, 동남아 같은 곳에는 화려하고 큰 탑을 세우고 그곳에 부처님의 사리를 봉안하였다. 미얀마나 태국의 불탑들은 정말 화려하고 어마어마하다. 그리고 매일같이 수천수만 명의 불자들이 참배한다. 우리나라의 보궁에도 매일같이 수천 명의 참배객이 찾는다. 설악산의 봉정암 같은 경우 그 높은 곳에 남녀노소를 막론하고 참배객이 수천 명이다.

각기 자기 나라로 가지고 가서 크고 아름다운 탑을 세우니

수천 년이 지난 지금도
세계 곳곳에 부처님의 사리탑은 찬란하게 빛나고 있다

일찍이 여기 우리나라 한반도에도
부처님의 사리는 전해져서
신라의 고승 자장은 중국 당나라에 유학하고 돌아오면서
부처님의 진신사리를 모시고 오니
영축산 통도사, 오대산 중대암, 설악산 봉정암, 태백산 정암사, 사자산 법흥사에 모시니
오늘날에도 이곳은 오대보궁으로 성지 중에서도 가장 소중한 성지가 되고 있다

# 여래십호[•]

어떻게 하면 부처님을 존경하고
찬양하는 마음을 담아
그 이름을 불러볼까 하여

여래(如來)
응공(應供)
정변지(正遍知)
명행족(明行足)
선서(善逝)
세간해(世間解)
무상사(無上士)
조어장부(調御丈夫)
천인사(天人師)

• 경전에서 주로 사용하는 부처님에 대한 존칭은 세존(世尊)과 여래(如來) 그리고 부처님〔佛〕이다. 그러나 세월이 흐를수록 부처님에 대한 존경심이 깊어지고 이에 따라 부처님에 대한 존칭은 많아졌다. 그것이 여래십호다. 여래십호라고 하는 이 이름을 하나하나 살펴보면 부처님의 사상과 철학, 그리고 제자들의 존경심 같은 것이 잘 보인다. 개인적으로 가장 좋아하는 존칭은 부처님이다. 간혹 사람들이 부처님이라고 하지를 않고, 그냥 부처, 부처, 하는데 그렇게 사용해야 할 때가 없는 것은 아니겠지만 되도록이면 부처님이라고 하는 것이 좋다고 본다. 나는 그렇게 하고 있다. 가령 '우리가 모두 부처다'라고 할 때도 '우리가 모두 부처님이다'하는 것이 듣기에도 좋다.

불(佛) 세존(世尊)

등으로 불려지고
그것으로도 부족하여
다른 여러 가지의 이름으로 찬양되었다

별은 어둠에서 빛나지만
태양은 어둠을 소멸시킨다

아! 더할 수 없이 큰 빛을 가진 분
위대한 가르침은 더욱 빛나고
외도는 빛을 잃고 사라진다
태양빛 아래서는 별을 볼 수 없듯이

맨발로 오신 부처님

1판 1쇄 펴냄 2012년 1월 20일

글 | 임효림

발행인 | 이자승
편집인 | 김용환
총괄 | 문종남
편집 | 박선주, 김진한
삽화 | 김세현
제작 | 윤찬목
마케팅 | 문성빈
관리 | 김미경

펴낸곳 | (주)조계종출판사
출판등록 | 제300-2007-78호(2007.4.27)
주소 | 서울시 종로구 견지동 13번지 대한불교조계종 전법회관 7층
전화 | 02-733-6390
팩스 | 02-720-6019
홈페이지 | www.jogyebook.com
구입문의 | 불교전문서점 02-2031-2070



ISBN 978-89-93629-72-9 03810